그녀, 카렌

나무소설가선 043

그녀, 카렌

1쇄 발행일 | 2025년 09월 29일

지은이 | 신희동
펴낸이 | 윤영수
펴낸곳 | 문학나무
편집 기획 | 03085 서울 종로구 동숭4나길 28-1 예일하우스 301호
이메일 | mhnmoo@hanmail.net

출판등록 | 제312-2011-000064호 1991. 1. 5.
영업 마케팅부 | 전화 | 02-302-1250, 팩스 | 02-302-1251
ⓒ신희동, 2025

값 17,000원
잘못된 책은 바꾸어 드립니다
지은이와 협의로 인지는 생략합니다
무단 전재 및 복제를 금합니다

ISBN 979-11-5629-193-0 03810

그녀, 카렌

신희동 소설

문학나무

작가의 말

작은 위로의 이야기

　오랜 습작의 시간을 보내고 어렵게 한 권의 소설집을 완성합니다.
　소설의 대부분은 내 이웃의 이야기이면서 전혀 그들의 이야기가 아닙니다. 차용된 그들의 이야기에 허구의 살과 피를 엮어 겨우 이야기 하나를 지었습니다. 작품 속 등장인물들이 겪는 갈등과 성장은 단순히 허구에 불과하지만, 이 허구의 이야기는 결국 우리의 삶과 묘하게 닮아있음을 느끼게 된다면 큰 보람이라 생각하겠습니다. 내게 담소의 시간을 허락해 준 이웃들에게 감사드립니다.

　늦은 나이에도 문학소녀의 허상을 쫓고 있는 나의 꿈

을 이해하고 지원을 보태고 등을 밀어 용기를 준 지금은 만날 수 없는 그분께 나의 첫 번째 작품집을 바칩니다.

  책을 펼쳐 주신 모든 분들게 감사드리며, 짧은 이 이야기가 여러분에게 작은 위로가 되었기를 바랍니다. 앞으로도 계속 이야기를 써 보려 합니다. 또 다른 이야기로 다시 만날 수 있기를 소망합니다.
  감사합니다.

2025년 여름
신희동

차례

작가의 말
작은 위로의 이야기 004

해설 | 김종회 문학평론가, 전 경희대 교수
심리적 억압 기제의 소설적 형상 226

그녀, 카렌　009

아이젠을 힘껏 꽂고　039

메기가 전하는 말　065

당신의 빛나는 청춘　093

효도는 얼마예요?　119

라스베이거스의 분수 쇼　147

소리, 소리, 그 소리들　173

오줌누기　199

그녀, 카렌

그녀, 카렌

　나는 여자를 보고 있었다. 여자는 관광객들이 지나다니는 길목에 있는 작은 상점에 앉아 있었다. 상점은 100여 미터 되는 길이의 골목을 따라 좌우로 길게 늘어서 있는 많은 상점들 중의 하나였다. 여자의 상점에는 다른 상점들처럼 고산족들이 만들었다는 여러 가지 토속적인 인형들과 장식품들이 진열되어 있었다. 진열장 위쪽으로는 화려한 색감의 스카프들이 걸려 있었고 바닥에는 알 수 없는 농산물이 담겨진 바구니가 여러 개 있었다. 골목은 동남아 열대지방의 뜨거운 태양빛을 막기 위해 천정처럼 차양막이 둘러 처져 있었다. 여자는 그녀가 앉아 있는 상점 앞을 지나다니는 관광객들을 의식한 듯 상점 정면을 등지고 돌아서 앉아 있었다. 그러나 그녀가 앉아 있는 상점 앞을 지나가는 관광객 중 어느 누구도 여자를 눈여겨보는 사람은 없었다.

천정의 차양막 사이로 겹쳐지지 않은 틈새를 뚫고 나온 햇빛이 여자의 등에 칼처럼 꽂혀 있었다.

 마을 입구에 세워진 관광버스 세 대에서 쏟아 낸 관광객들은 서너 명씩 무리를 짓거나 혹은 나처럼 혼자 다니며 사진을 찍고 있었다. 많은 사람들이 상점에 앉아 있는 고산족과 그들이 팔려고 진열한 상품들을 사려고 그들과 흥정을 하고 있었다. 하우 머치? 누군가 말을 하면 그들은 손가락을 펴거나 계산기를 관광객들에게 내밀었다. 영어로 대답하는 고산족은 없었다. 오랜 생활에서 간신히 그 정도 말의 뜻은 가늠하고 있는 것 같았다.

 좁은 골목은 많은 관광객들로 복잡했다. 여자는 복잡한 골목의 한쪽에서 등을 돌린 채 가슴을 드러내고 아기에게 젖을 물리고 있었다. 나는 여자의 상점 앞에서 빗겨 선 채 여자와 60도 정도의 사선에서 여자를 계속 바라보았다. 허리를 바짝 세우고 고개를 목걸이에 지탱한 채 아기를 바라보는 여자의 모습은 어딘가 불편해 보였다. 여자의 목을 감고 있는 황금빛의 목걸이 때문인 듯했다. 어림잡아 20센티는 넘어 보였다. 목걸이는 여러 겹으로 여자의 목을 칭칭 감고 있어서 상당한 무게로 여자의 목을 짓누르고 있었다. 여자가 허리를 숙인다면 목걸이의 무게 때문에 분명 여자의 상체가 아기에게로 쓰러지고 말 것 같았다. 그래서인지 여자는 등을 꼿꼿이 세운 채 아기를 안고 있었다. 역시 목걸이 때문에 고개도 숙이지 못한 여자는 눈길만 아래로 향한 채 아기를 자신의 가슴 가까이로 당겨 안았다. 아기를 안고 있는 여자의 팔목에는 한 뼘 넓이의 팔찌가 채워져 있었다. 팔찌는 여자의 가느다란 팔에 비하면 부자연스러울 만큼 무게감이 느껴졌다. 나는 여자의 쇄골 위로 탑처럼 솟은 목걸이 위에 얹혀있는 여자의 머리가 어쩐지 안쓰러운 느낌이 들어 눈길을 뗄 수가 없었다. 또한 팔목을 덮고 있는 놋쇠의 팔찌 끝에 섬세하게 움직이는 여자의 손가락조차 안쓰러워 보였다. 여자의 머리에서 흘러내린 스카프가 아기의 이마를 간질이고 있는 듯 아기가 허공을 향해 자꾸 손짓을 했다. 앙상한 여자의 팔이 아기의 손을 잡아 자신의 가슴 위로 붙여두려 했지만 아기는 애써 여자의 손길을 뿌리치며 계속 허공을 향해 손짓을 했다. 젖을 물고 있는 아기는 자신의 손짓에 신명이 나는지 둘의 행동은 한참토록 계속되었다.

 나는 벌써 10여분 가량을 한 자리에 선 채 여자와 아기를 바라보고 있었다. 그러나 여자는 나의 눈길을 전혀 의식하지 못하는 듯했다. 나는 여자의 목에 감긴 구릿빛의 노란 목걸이가 계속 마음이 쓰였다. 아기를 안고 있는 여자의 꼿꼿이 세운 등짝이 어쩐지 위태로워 보였다. 아기가 젖 먹기를 끝냈지만 여자는 숙이지도 못하는 고개로 아기와 눈을 맞추기 위해 연신 아기를 당겨 안았다. 아기는 답답한지 버둥거렸고, 아기를 놓치지 않으려고 여자의 앙상한 팔에 힘줄이 드러났다. 나는 여자를 바라보는 동안 내 입술이 점점 말라가고 있음을 느꼈다. 들고 있던 생수병은 이미 바닥이 난 지 한참이었다. 자꾸만 마르는 입술을 혀로 핥으며 나는 여자에게서 시선을 뗄 수 없었다. 내가 얼마나 오랫동안 여자를 바라보고 있었는지 나는 잊고 있었다.

 꼭 가야겠어? 남편의 음성이 들려왔다. 3일 전 서울을 떠나 올 때 했던 남편의 말이었다. 나는 남편의 목소리가 갑자기 어디서 들려왔는지 둘러보았다. 관광버스 세 대에서 쏟아 낸 저마다 다른 국적의 관광객들이 내는 소란스러운 소리만 들릴 뿐 남편의 목소리는 다시 들려오지 않았다. 잘못 들은 남편의 목소리였음을 확인하고 나는 조심스럽게 가슴을 쓸었다. 아기를 당겨 안는 여자의 등 뒤에 칼처럼 박혀있던 햇빛 조각이 갑작스럽게 내 눈을 찔렀다. 이마의 땀에 슬금슬금 미끄러진 내 선글라스가 위태롭게 코끝에 걸려 있었다. 햇빛 조각에 눈이 시린 나는 서둘러 선글라스를 당겨 썼다. 그날 아침 남편의 마뜩찮은 얼굴이 생생히 기억났다. 이런 상황에서 꼭 여행을 떠나야겠냐고? 낮은 남편의 음성은 나에게 묻는 것이 아니라 다그치고 있었다. 이런 상황이라는 것은 시어머니의 가출을 말하는 것이었다. 나는 남편의 다그치는 말에 어떤 대답도 하지 않았다. 그저 여행 가방 챙기는 것을 멈추지 않는 것으로 남편의 말에 대답하고 있었다. 나는 남편이 시어머니의 가출을 핑계로 이번 여행을 막는다해도 절대로 남편의 말을 따르지 않을 것이라고 다짐했다. 남편은 내가 설마 진짜로 여행을 떠나리라고는 생각하지 않은 것 같았다.

  퇴근해 돌아온 남편은 거실 한가운데 펼쳐진 내 여행 가방을 보고 무척이나 당황한 표정을 지었다. 당황한 표정 뒤로 이내 눈빛이 서늘해졌다. 나는 남편의 눈빛이 화가 났을 때의 그것임을 알고 있었다. 그렇지만 나는 남편의 표정 따위는 모르는 척 아무렇지 않게 세면도구를 챙기고 속옷을 넣은 파우치를 여행 가방 안으로 던졌다. 남편은 여전히 대답 없는 내 행동이 더욱 마뜩찮은지 나를 노려보더니 휙 돌아서서 나가버렸다. 남편이 갑작스럽게 나가버리자 나는 긴장이 풀려 바닥에 털썩 주저앉았다. 나는 남편의 말을 다시 생각했다. 시어머니가 가출을 한 이 상황에 내가 꼭 이 여행을 떠나야 하는가 하고 나 자신에게 묻고 있었다. 분명 편한 마음은 아니었다. 그렇다고 여행을 포기하는 것은 내게 더욱 편하지 않은 일이 될 것 같았다. 나는 남편의 마뜩치 않아하던 표정을 털어내듯 고개를 흔들었다.

나는 여자의 목을 지탱하고 있는 목걸이를 보기 위해 이 여행을 시작했다는 사실을 기억해 냈다. 그것은 디스커버리 채널의 방송이었다. 방송은 태국 북부 지역과 미얀마에 거주하는 몇 개의 소수민족 집단에 관한 내용이었다. 이 소수민족들을 통칭하여 고산족이라고 불렀다. 고산족들은 민족 각각의 자신들의 풍습을 지켜가며 생활하고 있었다. 그중에도 오늘 내가 본 여자처럼 어릴 때부터 놋쇠로 된 링을 목에 걸어서 목의 길이를 늘이는 관행을 가진 민족을 카렌족이라고 했다. 방송은 이들의 생활을 다큐멘터리로 소개하고 있었다. 이들이 사는 집들과 소득을 내는 상점과 농사를 짓는 남자들의 모습이 차례대로 화면에 보였다.

  소박한 그들의 모습은 오래 전 우리들의 생활과도 맞닿아 있었다. 낯설지 않은 친숙한 모습들이 지나가고 있었다. 카메라가 그들의 집으로 들어섰다. 방문처럼 생긴 문을 열고 깊숙이 들어서자 방 안의 한쪽 벽 앞으로 한 여자가 길게 누워있었다. 카메라가 보여주는 대로 생각 없이 따라가던 나는 여자의 모습을 그저 바라보았다. 낮은 음성으로 그들의 생활을 소개하던 나레이터가 여자의 목에 목걸이가 없음을 설명했다. 무심코 여자의 모습을 지나치던 나는 그제야 누워있는 여자의 목이 눈에 들어왔다. 나레이터의 설명처럼 여자의 긴 목에는 황동의 목걸이가 없었다. 카메라는 여자의 얼굴을 확대했다. 목걸이가 없는 여자의 목은 비정상적으로 보일만큼 지나치게 길기만 했다. 옆으로 누워있는 여자의 얼굴은 슬퍼 보였다. 단지 목걸이가 없는 것이 다른 여자들과의 다른 모습이라 여자의 얼굴이 슬퍼 보이는 걸까 생각하며 나는 화면 속으로 빠져들었다. 앙상하게 마른 여자는 오랫동안 그 방에 혼자 누워있었던 듯했다.

소박한 살림살이는 그렇다해도 여자의 눈빛이 외롭다고 얘기하고 있었다. 그러나 뒤이어지는 나레이터의 설명은 내게는 충격이었다. 여자는 마을에서 지탄받는 잘못을 저질러 지금 형벌을 받고 있는 중이라고 했다. 여자의 잘못은 가정이 있는 남자와의 불륜이었다. 다산을 중요하게 생각하는 이 부족은 결혼 후의 정절도 중요하게 여긴다고 했다. 잘못에 대한 댓가는 여자의 목에 아름다움과 부의 상징처럼 둘러져있던 황동의 목걸이를 제거하는 형벌로 집행되었다. 목걸이가 없는 여자는 목을 세우고 설 수도 앉을 수도 없었다. 목걸이가 제거된 여자의 목은 어떤 힘도 받을 수 없어 그저 속절없이 누워만 있게 되는 것이었다. 잘못을 저지른 여자는 가족을 떠나 정해진 장소에서 죄값을 치르고 있었다. 아무도 돌보지 않는 여자는 결국 그곳에서 굶어 죽는 것이다. 여자의 목걸이는 아름다움도 부도 아닌 생명이며 목숨이었다.

클로즈업되는 여자의 외로운 눈빛을 보며 나는 태국으로 떠나야겠다고 결심했다. 그토록 아름답게만 보이던 그녀들의 빛나는 목걸이는 결국 그녀들의 속박이며 굴레였던가. 내 눈으로 확인해야 했다. 당장 그곳으로 가서 카렌의 그녀들을 만나보고 싶었다. 급해진 마음에 당장 여행사의 여행 일정 중 고산족을 방문하는 스케줄이 있는지 우선 알아봤다. 그리고 휴가철도 지난 때에 눈치를 보며 휴가신청서를 제출했고, 일정에 맞춰 서둘러 업무를 마무리했다. 하필 어렵게 맞춘 그때에 시어머니는 가출을 한 것이다. 나는 내 목에 이미 수없이 둘러쳐 있는 목걸이가 있는 듯 목이 갑갑해왔다. 숨을 고르며 두 손으로 목을 감싸 안았다.

나는 방송에서 보았던 '롱 넥 카렌족'을 드디어 만났다. 여행 스케줄에는 여행 이튿날 태국 치앙라이의 고산지역에서 소수민족들이 생활하는 민속촌을 관광하는 것으로 되어 있었다. 가이드는 고산족들에 대한 설명을 덧붙였다. 태국은 소수민족을 고산지역에 따로 모아놓고 민속촌이라는 이름으로 국가가 직접 관광 사업을 한다고 했다. 입장료가 500밧트라고 하니 우리나라 돈으로 2만 원 정도 되는데, 좀 비싼 느낌이 들었다. 고산족으로는 야오족, 라후족, 아카족, 몽족, 카렌족 등이 있다는 말과 함께 카렌족에 대한 설명을 덧붙였다. 카렌족 여인들의 목걸이였다. 이미 관광사업으로 유명해진 카렌족 여인의 목걸이에 대한 이야기는 많은 사람들이 알고 있는 풍습이었다. 그렇지만 직접 몇 겹의 링을 목에 걸고 있는 여자들을 보자 내 마음은 공연히 불편해지고 있었다. 여인들의 긴 목을 칭칭 감고 있는 청동의 목걸이를 보는 것만으로도 마치 내 목에 저들의 목걸이가 감겨 있는 것 같은 갑갑함에 숨쉬기가 힘들었다. 나는 쇄골을 짓누르며 몇 겹으로 둘러진 목걸이가 마치 여인들에게 행해지는 형벌처럼 느껴졌다. 카렌의 여인들은 어째서 이토록 가혹한 형벌을 받는 것일까. 나는 이 민족에게 있어 긴 목이 아름다움의 척도인지 부의 상징인지 혹은 다른 풍습의 전래인지 알 수 없었다. 어쩌면 진짜로 행해지는 형벌인지도 몰랐다.

  이곳은 고산족 중에도 카렌족들이 거주하는 마을인 듯했다. 마을 입구에서부터 기념품을 파는 골목을 천천히 걸어오는 동안 보았던 상점에는 모두 여자들이 앉아 있었다. 여자들은 대부분 나이가 들어 보였지만 종종 젊은 여자와 어린아이들도 눈에 띄었다. 이들에게는 관광객들을 상대로 장식품을 판매하는 것이 여자들의 역할인 것 같았다. 원색의 입체적인 색감을 가진 스카프를 고깔 형태로 머리를 감싸고 머리 뒷부분에서 장식처럼 길게 늘어뜨린 그녀들의 머리 장식은 어쩐지

로맨틱해 보이기까지 했다. 머리 장식이 커서인지 밑으로 드러난 여자들의 얼굴은 유독 작아 보였다. 흰색의 반 팔 윗도리에 아래는 검정 반바지를 입었다. 화려한 머리치장에 비하면 의외로 수수한 의상이었다. 그러나 모든 여자들의 목에는 아기에게 젖을 물리고 있는 여자처럼 구릿빛의 노란 목걸이가 둘러져 있었다. 저마다 목걸이의 높이는 차이가 있었지만 한결같이 똑같은 형태의 목걸이를 하고 있었다. 또한 팔목에도 저마다의 넓이로 팔찌를 하고 있었다. 반바지 밑으로 드러난 다리는 종아리를 제외한 무릎 바로 아래와 발목에도 역시 노란 빛의 쇠줄을 감고 있었다. 여자들의 목과 팔, 다리에서 각각의 빛으로 반사되는 노란색의 반짝임 때문에 의외의 수수한 옷차림에도 여자들의 이미지는 화려해 보였다. 물론 여러 가지 색의 스카프로 치장한 머리 장식도 그 화려한 느낌을 더해주는 것 같았다. 어쩌면 촌스럽다고 느껴질 색감이지만 뜨거운 태양 빛의 이곳에서는 그녀들과 묘하게 어울리는 아름다움이 느껴졌다.

나는 여자의 등 뒤에 있는 소녀를 바라보았다. 아기에게 젖을 물리는 여자의 등 뒤에는 한눈에 보아도 어려 보이는 앳된 얼굴의 소녀가 여자와 등을 맞대고 앉아 있었다. 소녀는 여자를 대신해 상점을 지키고 있었다. 소녀는 열 살쯤 되어 보였지만 그들 특유의 작은 몸피 때문에 그보다 더 어려 보였다. 소녀의 목에도 역시 한 뼘 높이의 구릿빛 목걸이가 둘러져 있었다. 앙상한 소녀의 팔과 발목에도 구릿빛 링은 한 뼘의 넓이로 반짝이고 있었다. 소녀는 검은 머리로 이마를 가리고 머리 위로 연두색 스카프를 둘렀다. 스카프는 보라색 스카프로 연결되어 머릿결처럼 소녀의 머리 전체를 덮고 있었다. 전통 의상인 듯 흰색의 반팔 윗도리와 검은색 반바지를 입은 소녀의 팔과 다리는 지나치게 앙상해 보였다. 그러나 앙상한 팔과 다리와는 달리 소녀의 얼굴은 자그마했지만 제법 통통하게 볼살이 남아 있었다. 아직 젖살이 빠지지 않은건가 하며 잠깐 생각해 보았지만 소녀뿐만 아니라 여자 역시 얼굴에는 살이 있었다. 다른 상점을 지키고 있는 여자들 역시 다르지 않았다. 작고 아담한 체구의 여자들은 모두 앙상한 팔과 다리를 가졌지만 얼굴만은 통통한 느낌이었다. 이들의 체형이 원래 그런 것 같았다. 여자들은 차분하고 순수해 보였다. 순박하고 착한 느낌을 주었다. 통통한 얼굴에는 고운 빛 같은 것이 돌았다. 편안한 모습이었다. 저마다 쇄골을 짓누르는 놋쇠의 목줄을 몇 겹씩 둘러 쓰고 있으면서 저렇게 편안한 표정을 가질 수 있는 것이 나는 신기했다.

나는 소녀의 얼굴에 무언가 발려져 있는 것을 보았다. 소녀는 마치 우리나라에서의 연지곤지처럼 두 볼과 코에 화장품의 파운데이션과 같은 흰색의 무언가를 칠하고 있었다. 그렇게 흰색의 무엇을 얼굴에 바르는 것이 그들만의 화장법인가 하고 나는 생각했다.

  30년 전의 어느 날, 나는 화장대 앞에 앉아 화장을 하고 있었다. 졸린 눈을 간신히 비비고 일어나 세수를 겨우 마친 아침이었다. 어제 나는 2년 동안 사내연애로 조심스럽게 키워오던 사랑을 가족에게 공개했다. 남편이 된 그 시절의 연인이 집에 정식으로 인사를 한 날이었다. 두렵기도 하고 설레기도 했던 내 인생의 몇 안 되는 중요한 날이었다. 간밤에 치른 행사로 잠을 설쳤는지 그날은 다른 때보다 조금 늦게 일어났다. 바빠진 나는 아침을 먹는 것을 포기하고 화장을 시작했다. 은행의 창구에 근무하기 때문에 맨 얼굴로 고객을 상대할 수는 없는 일이었다. 피부결을 정돈하려고 서두르며 파운데이션을 잡은 내 손에서 엄마가 화장품을 뺏었다. 언제 들어왔는지 모르지만 어느 새 엄마는 내 손에서 뺏은 화장품을 방바닥에 던졌다. 화장품을 뺏어가는 우악스러운 엄마의 손길에 놀란 나는 비명을 질렀다. 엄마가 던진 화장품이 방바닥에서 깨지는 것과 내가 엄마의 갑작스러운 행동에 놀라 비명을 지른 것 중 어느 것이 먼저였는지는 기억나지 않는다. 엄마는 몹시 화가 나 있었다. 도대체 무슨 일로 이토록 화가 나 있는 건지 설명도 없이 엄마는 내 손을 잡고 흔들어댔다. 어리석은 것, 뜨거운 물인지 찬물인지 구분도 못하고 불구덩이로 뛰어든단 말이야. 한숨처럼 푸념처럼 쏟아내는 엄마의 말에 내 가슴으로 묵직한 돌덩어리 하나가 뚝 떨어지고 있음을 느꼈다. 지난밤을 뜬 눈으로 새웠을 것이 분명한 엄마의 푸석한 얼굴에서 번득이고 있던 노여움이 엄마의 사랑이라는 것을 알기까지는 오랜 시간이 걸리지 않았다. 그러나 적어도 그때의 나는 그것을 알 수 없었다. 나는 이미 불구덩이 한복판으로 뛰어들어버렸기 때문이었다. 병약한 홀시어머니와 7명의 어린 동생들을 부양해야 하는 연인의 처지는 엄마의 예언처럼 불구덩이였다.

소녀는 진열장 옆에 허리를 세우고 앉아서 지나가는 관광객들을 향해 조용히 웃고 있었다. 누군가 소녀에게 진열장의 소품을 가리키며 하우 머치? 하고 말을 하면 소녀 역시 그녀의 작은 손가락을 한 개나 두 개 혹은 세 개를 펴면서 활짝 웃었다. 천장에서부터 늘어진 스카프를 가리키면 소녀 역시 계산기를 관광객에게 내밀었다. 계산기에 적힌 숫자를 보고 달러나 혹은 밧트를 내미는 관광객들에게 물건을 건넬 때도 소녀는 일어나지 않았다. 누군가 사진을 같이 찍자고 하면 조용히 웃으며 곁을 내주었다. 사진을 찍은 관광객들은 땡큐라고 말하며 손을 흔들고 지나갔다. 어떤 관광객들은 1달러짜리를 소녀에게 건네주기도 했다. 소녀는 역시 조용히 웃으며 달러를 받았지만 탱큐라고 말하지는 않았다.

여기서 뭐 해? 발랄한 목소리와 함께 선미가 나타났다. 선미의 등장으로 비로소 나는 여자와 소녀를 바라보던 것을 그만두었다. 내게 팔짱을 끼는 그녀의 다른 손에는 종이봉지가 들려져 있었다. 조잡하기만 해서 뭐 살게 있어야지. 선미는 종이봉지를 들어 보이며 어깨를 들썩였다. 그러나 살게 없다던 선미의 종이봉지는 제법 묵직해 보였다. 선미는 냉장고에 붙인다며 토속적인 느낌의 자석으로 된 장식품을 내게 보여줬다. 선미의 얼굴에는 흥미로운 느낌이 드러났다. 여행이 즐거운 모양이었다.

나는 선미와 발을 맞추며 천천히 골목을 걸었다. 그거 알아? 선미는 대단한 것을 발견했다는 듯이 한껏 드높아진 목소리로 물었다. 뭔데 하며 궁금해 하는 내 표정을 보며 재미있어 죽겠다는 얼굴이었다. 여기 여자들 얼굴에 발라진 하얀 화장품 같은 거, 어떤 흙으로 반죽한 걸 바르는 건데 이 사람들 썬크림 역활을 한다네. 나는 선미의 밝은 모습에 덩달아 내 기분이 밝아지는 것을 느꼈다. 아, 정말? 선미처럼 드높아진 목소리로 대꾸하며 나 역시 환하게 웃어보았다. 안 그래도 궁금했던 것을 알게 된 것도 재미있는 일처럼 느껴졌다. 공연히 여자의 구릿빛 목걸이에 갑갑해하고 신경 쓰였던 조금 전의 내 모습이 부질없다는 생각도 들었다. 여행을 떠나오기 전의 갑갑한 현실이 조금 멀어지는 기분이었다. 여행을 마치고 돌아가면 가출했던 시어머니도 다시 돌아와 있을 것 같았다. 그렇게 되면 남편과의 어색했던 감정도 다시 전처럼 편안해지리라. 대단한데. 나는 선미를 향해 기분 좋은 웃음을 보이며 괜히 하지 않아도 될 말을 덧붙이고 있었다.

나는 선미와 함께 관광객들로 어수선한 골목을 천천히 걸었다. 양쪽으로 진열되어 있는 상점들의 수공예품들을 눈길로 훑으며 편한 기분으로 감상했다. 선미는 종종 상점 앞에 앉아 있는 여자들에게 무언가를 가리키며 하우 머치? 하고 물었다. 작은 목각 인형이기도 했고 화려한 색칠이 된 나무 조각들이 연결된 목걸이이기도 했다. 손가락이나 계산기의 숫자로 가격을 말해주는 상점의 주인들을 향해 샐쭉 웃고 노우라고 말하며 고개를 저었다. 선미가 들어 보였던 150바트의 목걸이는 색감도 예쁘고 나무의 촉감도 부드러웠다. 나는 목걸이를 놓고 돌아서며 선미는 왜 노,라고 대답했는지 궁금했다. 육천 원이면 엄청 싼데. 나는 선미의 눈치를 보며 혼잣말처럼 중얼거렸다. 나무를 깎고 다듬고 칠하고 연결하며 공을 들였을 이 사람들의 노력에 비한다면 오히려 미안한 가격인 것 같았다. 아이, 언니. 저런 건 가져가도 쓸데가 없잖아. 저 목걸이를 걸고 외출할 수 있어? 선미는 나를 타박하듯 말하면서도 여전히 상점마다 이것저것을 묻고 다녔다. 선미는 물건을 살 생각은 아예 없는 것 같았다. 그냥 현지인의 여자들에게 말을 걸고 눈을 맞추며 여행을 즐기는 듯했다. 이런 행동이 선미의 여행 방식인 것 같았다. 선미는 여전히 즐거워보였다. 선미의 뒤를 따르며 나는 점점 위축되어 가는 느낌이 들었다. 왜 선미처럼 나는 가벼운 마음으로 여행을 즐길 수 없는지 마음이 무거워지고 있었다. 우리는 골목을 오르내리며 이곳저곳을 기웃거렸다.

나는 아기에게 젖을 물렸던 여자의 상점 앞에 다시 섰다. 여자는 아기에게 젖 먹이기를 끝내고 다른 상점의 여자들처럼 진열장 옆에 꼿꼿한 자세로 앉아 있었다. 나는 고개를 빼고 진열장 안쪽의 공간을 기웃거렸다. 여자를 대신해 상점을 지켰던 소녀를 찾아보았다. 앞에서는 보이지 않는 진열장 뒤의 공간에 소녀가 있는 것을 볼 수 있었다. 소녀는 아기를 보고 있었다. 누워 있는 아기의 얼굴 위에서 인형을 들고 이리저리 흔들며 아기에게 말을 걸고 있었다. 모빌놀이를 하는 것 같았다. 나는 소녀가 있는 것을 확인하고 한숨을 몰아쉬었다. 여자도, 소녀도, 아기도 일단 반가운 마음이었다. 그런 한편으로 내 마음은 씁쓸한 느낌과 함께 그들에 대한 안쓰러운 마음이 차오르고 있었다. 이유 없이 표현할 수 없는 복잡한 마음이 다시 한숨이 되어 나왔다. 건너편에서 상점의 여자와 사진을 찍은 선미가 내게로 다가왔다. 나는 선미의 눈치를 보며 서둘러 진열장 위쪽으로 걸려 있는 스카프를 하나 잡았다. 여자가 조용한 미소로 손가락을 폈다. 나는 여자가 편 손가락만큼 지폐를 꺼내 여자의 손에 건넸다. 여자가 종이봉투에 스카프를 담아서 내게 내밀었다. 동그란 얼굴에 순박한 표정이 편안해 보였다. 나는 여자를 향해 목례를 하고 돌아섰다. 선미가 뒤따라오며 물었다. 누구꺼야? 발랄한 선미의 목소리를 들으며 나는 시어머니를 생각해냈다.

어느 날, 시어머니는 내게 말했다. 내가 자꾸 아픈 것은 너와 궁합이 맞지 않기 때문이라는 구나. 관절이 부실한 시어머니는 허리가 아프다며, 다리가 아프다며 입원이 잦은 편이었다. 퇴근 후 죽을 싸들고 병원으로 문병을 간 나를 시어머니는 무심하게 바라보았다. 남편과 15년을 살고 있는 내게 그날 시어머니는 평범한 일상 이야기를 하듯이 나직하게 말했다. 15년 동안 남편의 남동생 3명과 여동생 4명의 결혼이 있었다. 동생들은 모든 일을 남편과 의논했다. 남편은 장남으로서의 책임감이 매우 깊었다. 혼사가 치러질 때마다 자신의 형편에서 최선을 다해 동생들을 도왔다. 남편의 옆에서 나는 매번 힘겨운 산을 넘어가는 기분이었다. 처음부터 가진 것 없던 살림은 남편과 내가 성실하게 직장생활을 해도 나아지는 것 같지 않았다. 그렇게 15년이 지나가고 있었다. 남편과 나는 겨우 한 달 전에 막내 여동생 결혼식을 치러냈다.

결혼하고 한 때는 11명까지 되는 대식구 살림이었다. 이제 겨우 두 아들과 단출한 내 살림을 살아 볼 수 있겠구나 하며 한시름 내려놓은 시점이었다. 시어머니의 나직한 말을 나는 어떻게 받아들여야 하는지 판단이 되지 않았다. 죽을 따르던 손길이 나도 모르게 떨리고 있었다. 떨리는 손길로 간신히 죽과 동치미 국물을 시어머니 앞에 차렸다. 시어머니가 수저를 드는 것을 보면서 천천히 보호자용 의자에 앉았다. 떨리는 손길은 진정되었지만 설명되지 않는 감정이 뭉그적거리며 피어나고 있었다.

어머니의 식사를 물끄러미 바라보며 나는 서서히 화가 나고 있었다. 내 안에서 피어오른 감정은 분노였는지도 모른다. 그럼 처음에 저와 아범의 결혼을 반대하시지 왜 이제와서 그런 말씀을 하세요? 나 역시 나직하게 시어머니를 향해 말을 했다. 말을 하는데 갑자기 가슴 밑바닥에서 서러운 무엇이 울컥 올라오는 것이 느껴졌다. 나 때문에 시어머니가 아프다니, 이런 못된 며느리가 있을까. 나도 모르게 나쁜 며느리가 되어버린 내 처지가 기이하고 한심스러웠다. 남편과의 사랑 하나만을 붙들고 남편을 도와 어려운 살림을 살아온 지난날들이 모두 부질없기만 했다. 나와의 궁합으로 시어머니가 아프다는데 앞으로 어떻게 함께 살아갈 수 있을지 까마득하기만 했다. 15년의 희생이 전부 빛을 잃어버린 순간, 나는 억울하고 속상한 마음이 먼저 들었다. 이해할 수 없는 것은 시어머니의 태도였다. 그렇다고 시어머니 혼자 따로 살 형편은 아니었다. 본인의 처지를 누구보다 잘 아는 시어머니는 아무 일도 없었던 듯 여전히 우리와 함께 살았다. 평소와 다름없는 얼굴로 나를 대했다. 그렇다고 시어머니와 살수 없다고 내가 남편과 헤어질 수는 없었다. 내게는 두 아들이 있고, 무엇보다 나에 대한 남편의 애정은 여전히 깊었다. 오히려 15년 어려운 결혼생활을 함께 견디며 남편은 내게 미안한 마음까지 더해져 우리 부부 사이는 사랑으로 더욱 견고해져 있었다.

시어머니는 잔잔한 호수에 돌을 던진 후 곧 돌이 일으킨 파문 같은 건 전혀 신경 쓰지 않았다. 그러나 나는 그렇지 않았다. 별일 아니라고, 시어머니의 별 뜻 없는 얘기였다고 아무리 내 자신을 타일러도 파문은 가라앉지 않았다. 오히려 시간이 지날수록 파문은 더욱 또렷하고 거세게 일렁이고 있었다. 시어머니의 얼굴을 대할 때마다 불안하고 우울했다. 편안했던 시어머니와의 관계는 그렇게 끝이 났다. 그 후 나는 어떠한 핑계를 대서라도 시어머니와 함께 있는 시간을 피하려 애썼다. 시어머니와 함께 있을 때는 가슴이 답답해지고 숨이 막혀왔다. 불편하고 싫은 감정이 점점 또렷해졌다. 그렇다고 피하기만 할 수는 없었다. 나는 천천히 시어머니처럼 안 그런 척하는 상황에 익숙해지고 있었다. 겉으로 보면 시어머니와 15년의 세월처럼 여전히 평범한 모습이었다. 그러나 그날 이후 별다른 갈등이 없는 사이로 비춰지는 데까지 나는 부단히 노력해야 했다. 시어머니 역시 내가 편하지 않다는 것을 나는 알고 있었다. 같은 집 안에 있어도 우리는 서로가 없는 시간을 골라 각자 식사를 했다. 거실에서 마주치는 것도 애써 피했다. 시간이 지나면서 불편한 감정도 익숙해졌다. 남편 앞에서는 편안하게 함께 지내는 것도 자연스러워졌다.

어느덧 남편도 나의 감정을 알게 되었다. 남편은 시어머니와 내가 서로를 불편해하는 것을 불안해했다. 시어머니나 내게 있어 자신이 어떤 도움도 되지 못하는 현실이 매우 슬프다고 말했다. 내게 서운한 마음을 표현하기도 했다. 그때마다 나에게 좀 더 노력해 달라고 부탁했다. 남편이 호소할 때마다 나는 메워지지 않

는 균열을 느꼈다. 결코 돌아 올 수 없는 내 마음이 가여웠다,

　나는 어쩐지 오늘쯤에는 시어머니가 집에 돌아왔을 것 같은 느낌이 들었다. 이 느낌이 드는 이유는 알 수 없었다. 그저 직감이라고 밖에는 설명이 되지 않았다. 스카프를 시어머니에게 내민다면 시어머니는 뭐라고 할까 생각이 미치자 머릿속이 헝클어진 실타래처럼 엉켜지는 것 같았다. 나는 이렇게 먼 태국까지 떠나와서도 시어머니를 떨쳐내지 못하는 내가 갑자기 어리석게 느껴졌다. 여행을 즐기지도 못하고 전전긍긍하고 있는 내 꼴이 한심했다. 뜨거운 태양빛에 머리가 데인 것처럼 두통이 밀려왔다.

　두통이 가시지 않았다. 그 아이가 와 있는 주말에는 도통 머리가 아파서 움직일 수가 없었다. 아이는 초등학교 4학년의 남자아이답게 개구쟁이였다. 거실의 TV 채널을 이리저리 돌려대고 베란다의 화초를 함부로 떼어냈다. 아이가 말썽을 부리는 것도 싫지만, 매번 때마다 식사를 챙겨야 하는 것도 여간 번거로웠다. 아이는 막내 시동생의 아들이었다. 2년 전에 이혼한 시동생에게 최근 새로운 애인이 생긴 것 같았다. 원룸에서 살고 있는 시동생은 주말에는 애인과 시간을 보내기 위해 아이를 시어머니에게 맡겼다. 그런 이유로 주말마다

아이가 내 집에 와 있게 된 것이었다. 아이가 와 있는 주말에는 시어머니도 집에 있었다. 아이를 노인정에 데려갈 수는 없는 일이었다. 항상 노인정으로 하던 외출을 포기하고 아이와 함께 있었다. 아이가 내 집에 있으니 아이를 돌보는 것은 결국 주말마다 내 일이 되어버렸다. 나는 여러 가지가 귀찮고 짜증스러웠다. 벌써 몇 주를 주말마다 아이가 와 있는 통에 나는 제대로 된 휴식을 가질 수가 없었다. 아이가 다녀간 주말을 그렇게 망치고 나면 그다음 일주일 동안 나는 몹시 피곤했다. 피곤은 일주일 내내 풀리지 않았다. 집중력을 방해해서 근무 중에 자주 실수를 했다. 조금만 주의를 했으면 결코 하지 않았을 실수가 반복되면서 나는 매사가 짜증스러웠다.

시간이 지나면서 아이가 와 있는 주말에만 느꼈던 두통이 일주일 내내 계속되고 있었다. 주말의 휴식이 간절해졌다. 방해받은 휴식으로 생활이 자꾸 망가져 가는 느낌에 문득 두려워졌다. 결단이 필요했다. 이렇게 주말을 계속 포기할 수는 없는 일이라고 생각했다. 망설이고 망설이던 끝에 나는 시동생에게 전화를 했다. 나는 주말의 휴식이 필요한 직장인이라고 호소했다. 자신의 아이는 자신의 집에서 돌보라고 말했다. 내 전화가 서운했던 시동생은 곧장 시어머니에게 일렀다. 그리고 시어머니는 가출했다. 7명의 자식들 중 누군가의 집으로 갔을 것이다. 남편이 바로 시어머니를 찾아 나섰지만 시어머니는 아직 돌아오지 않았다. 매번 있는 일이었다. 무언가 내게 서운한 일이 있으면 시어머니는 7명의 다른 자식들에게로 갔다. 그때마다 남편은 시어머니를 찾아 나섰고 내게 서운한 감정을 드러냈다. 시어머니가 돌아오지 않는 동안 남편과 나의 관계는 불편해졌다. 시어머니가 느끼는 서운한 감정의 정도에 따라 그녀의 가출은 일주일이 되거나 혹은 한 달이 되거나 혹은 조금 더 길어지기도 했다. 그러나 시어머니는 항상 돌아왔다. 일상적으로 내게 말을 하고 서로를 피해 집 안을 서성였다. 그러면 남편과 나와의 사이도 다시 편안해졌다. 항상 같은 패턴으로 반복되는 일이었다. 시어머니가 가출하는 사연은 셀 수 없이 많았다. 다만 이번에는 이런 사연이었다. 나는 알고 있었다. 시어머니는 곧 다시 내 집으로 돌아온다는 것을.

나는 스카프가 든 종이봉투를 어깨에 메고 있던 에코백에 쓱 집어넣었다. 에코백을 고쳐 메고 나는 선미와 함께 골목을 다시 돌았다. 어느 정도 골목을 돌던 우리는 상점에서의 쇼핑에 대한 흥미가 시들해졌다. 우리는 골목을 벗어나서 상점들의 뒤편으로 걸음을 옮겼다. 그곳에는 고산족들이 생활하는 민가가 있었다. 우리나라에서 익숙하게 보았던 짚으로 지붕을 올린 초가

집의 모습이었다. 다만 다른 점은 그들은 땅 위에 집을 바로 지은 것이 아니었다. 나무 기둥을 세워 땅에서 약 1미터 정도의 공간을 두고 그 위에 집을 지었다. 난방 시설이 없는 이곳에서 습기와 벌레를 피하는 방법이라고 생각되었다. 그렇게 여러 개의 초가지붕으로 이어진 마을의 모습은 평화롭게 보였다. 자유롭게 돌아다니는 닭도 보이고 나무 사이에 빨랫줄을 걸고 이불 같은 커다란 천을 널어둔 모습은 우리네 모습과 닮아 있었다. 몇 무리의 외국 관광객들이 집의 이곳 저곳을 기웃거리며 지나갔다. 나와 선미도 다른 관광객들처럼 여기저기 편하게 기웃거렸다.

  마을 한 쪽에 이르렀을 때 한 무리의 남자들이 모여 있는 것이 보였다. 남자들은 상점에 앉아 있는 여자들의 가족들인 듯했다. 전통의상을 입고 있는 여자들과는 달리 남자들은 현대적인 옷을 입고 있다는 것이 특이하게 느껴졌다. 내가 늘 보던 와이셔츠나 면 티에 양복바지를 입은 남자들이 많았다. 청바지를 입은 사람도 보였다. 카렌족의 남자들은 너무나도 일상적인 모습이었다. 씁쓸한 기분이 들었다. 상점의 기념품들처럼 이미 이곳의 여자들은 상품화되고 있는 것이다. 남자들은 특별한 일을 하는 것 같지는 않았다. 그저 모여서 떠들고 있는 것처럼 보였다.

  선미와 나는 마을을 좀 더 둘러보기로 했다. 그런데,

그렇게 마을을 돌아다니면서 만난 남자들은 또 다른 모습이었다. 수공예품 만드는 작업을 열심히 하는 사람도 보였다. 아이를 돌보는 남자들도 눈에 띄었다. 마당에서 아이와 공놀이를 하거나 직접 아이를 업고 있는 남자도 있었다. 이들도 가족을 위해 일을 하고 육아도 분담하고 있는 모습이었다. 집 앞에 놓인 바구니에 농작물이 담겨져 있는 것으로 보아 농작물을 재배하는 것도 남자들의 역할인 것 같았다. 그러고 보니 남자들은 이들이 직접 만든 수공예품을 팔러 먼 곳까지 다녀온다는 것을 방송에서 보았던 것도 같다. 이들의 평범한 일상이 왠지 고마운 느낌이 들었다. 이미 관광 상품화 되어있는 상점 안의 여자들도 가족을 위해 자기 몫의 역할을 하는 것일 뿐이라는 생각이 들었다. 씁쓸하게 느꼈던 내 기분은 어쩌면 나의 오만일 뿐인 것 같았다.

  우리는 어느덧 마을 입구까지 나왔다. 자유로운 관광을 약속한 시간이 다 되어갔다. 일행들이 점점 모여들고 있었다. 세 대였던 관광버스 중 두 대는 이미 마을을 빠져나갔는지 소란스럽던 마을은 어느 결에 한가로워보였다. 이미 버스에 올라있는 일행도 보였다. 선미와 나도 버스를 향해 가고 있었다. 마을의 입구에 커다란 나무를 깎은 조각상들이 눈에 띄었다. 직각에서 살짝 기울어져 누워있는 조각상은 여자와 남자의 모습이었다. 그 옆에는 그보다 조금 작은 여자와 남자의 조각상이 함께 있었다. 네 명의 가족을 뜻하는 듯했다. 조각상의 모습은 너무 직설적이어서 차라리 민망했다. 여자를 뜻하는 가슴과 외음부의 모습이 선명하게 파여 있었다. 특이한 것은 여자의 가슴은 작게 조각된 것에 비해 대조적으로 여자의 성기는 과장되게 크게 표현되었다는 점이다. 옆에 세워진 남자의 성기 역시 매우 정직한 모습이었다. 아이들로 상징되는 작은 조각상에는 여자와 남자의 성기 부분이 제대로 만들어지지 않은 채였다. 나는 지나치게 커다랗게 표현된 여자의 생식기를 통해 이 민족의 생명에 대한 열망이 느껴졌다. 마치 모든 생명을 태어나게 하고 성장시키는 것이 여자의 역할이라는 것을 소리내어 말하고 있는것만 같았다.

관광을 끝낸 버스가 민속촌을 벗어나고 있었다. 차창을 스치는 풍경들 위로 여자의 생식기를 과장되게 표현한 목상의 이미지가 오버랩 되었다. 골목의 상점에서 한동안 지켜보았던 여자의 목걸이 역시 지워지지 않았다. 쇄골을 짓누르는 무게가 내 목 위로 전해져 왔다. 가이드의 목소리가 들려왔다. 카렌족의 풍습을 하나 설명한다고 시작한 가이드는 버스에 있는 사람들에게 문제를 하나 냈다. 카렌족 사회에서 간통으로 적발된 남녀에게 어떤 재제를 하는가 하는 것이 문제였다.

이미 나는 방송에서 보았기에 알고 있었지만 아무런 말도 하지 않았다. 마을에서 내쫓는다, 곤장을 친다는 등 이런저런 의견을 내는 사람들의 목소리로 버스 안은 잠시 소란스러워졌다. 그러나 가이드가 원하는 답은 없는지 다시 가이드의 설명이 계속되었다. 간통을 한 여자에게는 목에서 링을 제거하는 벌을 준다는 것이다. 수 년 동안 링에 의지했던 목 근육은 자연스럽게 퇴화되어 링이 제거되면 목을 지탱할 수 없어 누워서만 지내야 한다는 것이다. 부정으로 지탄받게 된 여자는 돌보는 이가 없어 결국 굶어 죽는 것이라고 가이드는 설명했다. 누군가 남자는? 하고 묻자 가이드는 어깨를 들썩이며 양쪽 팔을 벌려 아무것도 없다는 동작을 했다. 이런 불공평한… 분개한 듯한 여자의 목소리에 이어 남자들의 커다란 웃음소리가 들려왔다. 결국 카렌족 여자들의 긴 링은 고산족들의 사회적 질서를 유지하는 역할을 하고 있음을 뜻하는 것이었다. 진짜 형벌이었어. 나는 나도 모르게 혼잣말을 하고 있었다. 카렌족 여자들의 형벌에 대한 내 생각이 맞았다는 것은 소름 돋는 일이었다. 씁쓸하고 안타까운 마음이 들어 가슴 한 끝이 저릿해지고 있었다. 버스에 오르면서부터 느끼고 있던 쇄골의 무게가 한없이 무겁게 다가왔다. 나는 내 목을 옥죄고 있는 카렌의 목걸이를 느꼈다. 목걸이는 가족이라는 이름을 하고 있음을 알고 있었다. 오랜 시간에 걸쳐 한 겹, 한 겹 사랑의 형태를 하고 내 목에 둘러진 목걸이 때문에 이미 내 목의 근육은 그 역할이 퇴화되어 있었다. 벗겨내면 결국 내가 죽고 마는 카렌의 목걸이를 하고 나는 묵묵히 앉아 있었다. ✱

―《문학나무》 2025년 여름호 발표

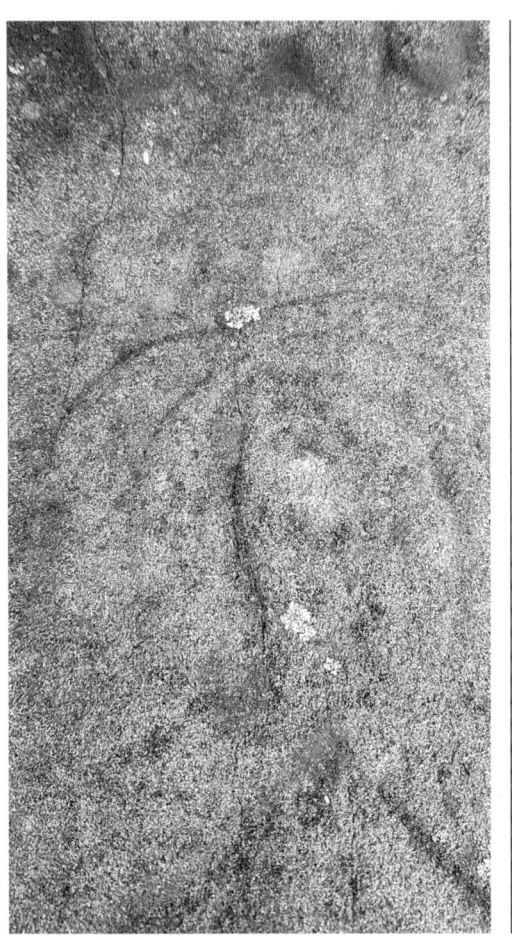

아이젠을 힘껏 꽂고

아이젠을 힘껏 꽂고

 회의가 끝났다. 몇 명은 박수를 쳤고 몇 명은 하품을 했다. 누구는 옆 사람을 밀치고 길게 눕기도 했다. 한 무리가 서둘러 나갔다. 저마다 손에 들린 담뱃갑이 그들이 나가는 이유를 말해주고 있었다. 열렸다 닫힌 문으로 12월의 차가운 공기가 들어왔다. 초저녁부터 온도를 올린 보일러는 방바닥을 이미 충분히 뜨겁게 데우고 있었다. 방바닥에서 올라온 열기로 빨갛게 달궈진 얼굴에 차가운 밤 공기가 선뜻했다. 내게는 무료하고 지루한 회의였다. 나는 손에 들고 있던 회의 자료를 바닥에 내려놓고 다리를 뻗었다. 두 시간 동안 꼬박 앉아 있었던 무릎은 이미 한참 전부터 통증을 느끼고 있던 터였다. 벽으로 허리를 기대자 꼬리뼈에서 올라오는 뻐근한 느낌이 익숙했다. 40년의 등반에 온몸이 통증으로 아우성치고 있었다. 특히 2년 전, 파키스탄 타후라툼 서벽 원정 때 다쳤던 허벅지에서는 달그락 소리가 들리는 듯했다. 끄응, 힘겨운 숨을 뱉어내는데 회장의 목소리가 다시 들렸다. 자리를 정돈하고 주목하시기 바랍니다. 깊은 밤 시간 때문인지 회장의 목소리 끝이 갈라졌다. 그러나 꼭 시간 탓만은 아닐 것이다. 아마도 스스로 긴장하고 있었기 때문인지 모른다. 나는 회장이 무엇을 얘기하려는지 알고 있었다.

방 안에 짧은 긴장이 흘렀다. 누워있던 사람은 일어나 앉았고, 화장실을 가려던 사람도 급히 자리를 잡았다. 막내가 황급히 나가더니 흡연족들과 함께 들어왔다. 어, 추워. 어깨를 웅크린 채 양쪽의 겨드랑이 밑으로 반대편 손을 감추고 들어서는 그들에게서 구곡의 찬바람이 따라 들어왔다. 민박집에 도착했던 초저녁에도 제법 차가웠던 기온은 밤이 깊어지면서 더욱 내려간 모양이다. 겨우 담배 한 개비를 태우는 잠깐의 시간 동안만 밖에서 서성였을 그들의 귀가 빨갰다. 그들이 묻혀온 차가운 공기와 함께 담배 냄새가 훅 달려들었다. 저절로 이마가 찡그려졌다. 서둘러 들어오는 그들의 표정에 알 수 없는 긴장이 드러났다. 눈치를 보는 것도 같았다. 순식간에 방 안의 분위기가 무겁게 내려앉았다. 회장의 다음 이야기를 짐작하는 사람이 나뿐만은 아니라는 것을 알 수 있었다.

제가 긴급제안이 있어서 추가 회의를 진행하려 합니

다. 회장의 목소리는 차분했다. 애써 감추고 있었지만 그 역시 긴장하고 있음을 나는 느꼈다. 그 밤의 일이 떠올랐는지 말을 끝맺지 못한 채 나지막이 떨고 있었다. 자식, 많이 참았군.

형님, 내일 총회에 K는 참석하지 않게 해 주십시오. 어제 늦은 밤 회장은 내게 전화를 걸더니 대뜸 말했다. 얘기를 듣는 나는 특별히 놀랄 것도 없다는 기분이었다. 그저 올 것이 왔다는 생각이 들었다. 회장의 목소리에서 취기는 느껴지지 않았다. 그와 40년이 다 되어 가는 동안 내가 들었던 가장 낮은 목소리였다. 뱃속 저 아래에서 끌어올렸을 묵직한 저음에 한 달의 시간 동안 그가 가졌을 고민이 고스란히 전달되었다. 그래서였을까, 나는 달리 이유도 묻지 않고 대답도 하지 않은 채 가만히 그의 뒷말을 기다렸다. 내일 총회에서 K의 퇴출을 의논하겠습니다. 담담한 목소리에서 거역할 수 없는 권위 같은 것이 느껴졌다. 그렇게까지? 특별히 물어본다는 의지도 없이 힘없이 내뱉은 내 말을 그가 들었는지 갑자기 목소리를 높였다. 이렇게까지 안 되도록 조율해 달라고 부탁하지 않았냐는 둥 아니면 다른 방법이 있겠냐는 둥 형님은 내 입장을 생각해 봤냐는 둥 무어라고 한참 쏟아지는 그의 말을 나는 그저 듣고 있을 뿐이었다. 정신없이 전화를 끊었을 때, 마지막에 그는 K 개새끼 어쩌구의 욕을 한 것도 같고, 아닌 것도 같았다. 아니 어쩌면 나를 향해 욕을 했던 것도 같은 생각이 들었다. 답답한 마음으로 잠을 못 이룬 채 새벽 창이 밝아 올 때까지 뒤척이던 나는 어쩌자고 대책도 없이 회장 얼굴에다 술을 뿌린 거야 하며 K에게 욕을 하고 있는 나를 보았다.

K는 나와 함께 해외 원정을 몇 번 다녀올 정도로 나를 따르는 후배다. 쉰줄 중반을 넘겼지만 가정을 꾸리지 못하고 날품 팔아 산에 오는 것을 생의 유일한 낙으로 사는 단순한 친구이다. 언제 감았는지 가늠할 수 없게 늘 기름기에 절어있는 머리와 후줄근한 옷차림, 막노동으로 태양 빛에 검게 그을린 얼굴빛과 늘 빨갛게 보이는 코는 그를 알코올 중독자처럼 보이게 했다. 불결해 보이는 누런 이 사이로 새어나가는 발음 때문에 어눌한 말소리는 늘 술에 취한 것 같은 오해를 받기에 충분했다.

사건이라고 할 만한 그 일이 있었던 것은 집안에 일이 있어서 내가 야영을 들어가지 못했던 11월의 처음 토요일이었다. 초저녁부터 야영장에 자리를 잡은 K와 회장은 다른 사람들이 오기를 기다리며 저녁을 먹었다. 저녁을 먹으면서 시작된 술자리가 어느덧 도를 넘겨 버렸는지, 늦게 합석한 회원 중 누군가와 K가 사소한 이유로 말다툼을 하였다. 평소의 회장 성품으로 본다면 그는 두 사람의 말다툼을 말렸을 것이다. 점잖고 이성적인 회장은 두 사람 모두를 다독이고 타이르며 서로의 마음을 풀어주려 노력했을 것은 안 봐도 짐작할 수 있는 일이었다. 그런 회장의 얼굴에 K가 술을 끼얹고 멱살까지 잡으려 했다는 것은 누가 들어도 K의 잘못된 행동이었다. 함께 그 자리에 있었던 다른 사람들의 목격담도 내 짐작에서 벗어나지 않았다. 그들이 모두 똑같은 이야기를 전해주고 있는 것으로 봐서도 잘잘못이 분명한 일이었다. 더욱 가관인 것은 회장에게 산악회를 그만둔다고 큰소리까지 뻥뻥 치고 그동안 자신의 희생을 돈으로 보상하라며 백만 원을 내놓으라고 말도 안 되는 행패까지 부렸다는 것이다.

다음 날, K가 내게 달려왔다. 늦은 아침잠에서 깨자마자 등반도 안 하고 서둘러 배낭을 챙겨 산을 내려오는 길이라고 했다. 앞과 뒤도 분명치 않게 정신없이 떠들어대는 K의 얘기를 전해 들으며 나는 웃었다. K도 뒤늦게 큰일을 저질렀다는 생각이 들었는지 내 앞에서 안절부절못했다. 나는 상황이 재미있게 되었다는 생각이 들었다. 까짓거, 라고 말했던 것도 같다. 괜찮아, 별일 있겠어, 라고 K를 안심시켰다. 술 먹고 실수 좀 한 건데 뭐, 어쩌겠어 하는데 자꾸 웃음이 났다. 회장의 낭패한 얼굴을 떠올리며 내가 직접 그 상황을 볼 수 없었던 그 밤이 어쩐지 아쉬웠다. 술에 젖은 회장의 옆에서 더욱 낭패한 얼굴을 하고 있을 L을 떠올렸다. 나는 그가 이번 일을 어떻게 풀어갈지 사뭇 궁금해 목구멍 안쪽이 간질간질했다.

K가 내게 달려온 것처럼 회장 역시 L을 붙들고 한창 하소연하고 있을 광경을 생각하니 달콤한 사과를 한 입 베어 문 것 같은 느낌이었다. 그러나 K에게 어쩐지 불리한 이 상황은 어쩌면 사과가 아니라 미처 익지 않은 떫은 감을 씹은 것인지도 모른다. 재미있는 일이 벌어질지도 모른다는 생각에 조금씩 마음이 설레었다.

역시 L에게서 연락이 왔다. K가 돌아가고, 저녁 시간도 지루하게 보내다 잠이 들려던 늦은 밤이었다. 들었겠지? 하고 L이 묻자, 나는 네 하고 대답할 뿐이었다. 기다리고 있던 전화였지만 내색하지 않았다. 내가 사치처럼 두르고 있는 여유를 그는 짐작했을 것이다. L의 전화를 이렇게 여유롭게 받을 수 있는 상황에 기분이 좋아졌다. 이런 시간을 최대한 길게 끌어가고 싶었다. 어떻게 할래? L은 조심스럽고 은근한 목소리로 물었다. L과 회장, 두사람 모두 당황하고 있으리라 생각했다. L의 목소리에서 미처 감추지 못한 초조함이 배어났다. 그의 목소리를 들으며 감히 그들의 아성에 술을 끼얹어 그들의 명성에 흠집을 내고 온 K가 차라리 기특하다는 생각이 들 정도였다. 물론 K가 그런 행동을 할 수 있었던 것은 나를 믿었기 때문이라고 짐작이 됐다. 내가 L을 불편해 하는 것을 나를 따르는 몇몇의 동생들은 알고 있었다. 그들이 서로 소통이 되는 무리를 이루듯 내게도 역시 우리끼리 소통이 되는 한 무리가 있었다. 물론 그 중의 하나가 K였다. 평소 K는 우리끼리만의 술자리에서 언제고 한번쯤은 회장을 혼내 주겠다고 가끔씩 떠들어대곤 했었다. 여러 가지 면에서 무언가 2% 모자란 그로서는 내가 듣기 좋으라고 하는 말이었으리라. 그러나 나는 특별히 그를 말리거나 다독이거나 하는 행동을 하지는 않았다. K가 하릴없이 주사 같은 말을 뱉어 낼 때면 나는 비어있는 K의 술잔에 술을 채워 줄 뿐이었다. 결국 어제 같은 일은 언제든지 일어날 수 있는 일이라는 것을 알고 있었다. 어쩌면 나는 이런 상황을 기다렸는지도 모른다.

나는 L도 나와 같은 생각이라는 것을 느낄 수 있었다. K나 회장은 겉으로 드러난 이유일 뿐, 결국 싸우고 있는 상대는 나와 L인 것이다. 나는 하루 종일 회장과 L, 그리고 그의 무리들이 나와 K가 없는 그곳에서 얼마나 많은 가능성을 두고 여러 가지 이야기를 하였을지 안 보고도 알 수 있었다. 그리고 언제나처럼 L은 아주 적절한 해결책을 내놓았을 것이다. 그러나 나는 이전처럼 쉽게 설득되지 않을 생각이다. 지금 겉으로 드러난 이야기는 K와 회장의 얘기다. 회장은 회원에게 부당한 대우를 당했고 명예를 짓밟혔다. 이건 그야말로 사건이다. 이 사건이 그냥 묻힌다면 회장은 자신의 산악회에서 제대로 대우받지 못하는 못난 회장으로 말 그대로 찍히는 것이다. 그러는 반면, K는 특별히 내세울 명예가 없다. 오히려 그의 보잘것 없는 행색과 그동안 보여 주었던 정상인에서 조금 모자라 보였던 그동안의 행동들 때문에 사람들은 그의 이번 행위를 그다지 특별하게 생각지 않을 것이다. 오히려 그동안 사람들이 느꼈던 K의 수준이 낮을수록 회장이 갖는 창피스러움만 커질 것이다.

추가 안건은 K에 대한 퇴출 건입니다. 회장이 말을 꺼내자 방 안 이쪽저쪽에서 나직한 웅성거림이 들렸다. 사건을 몰랐던 몇 사람이 주변 사람들에게 내용을 확인하는 웅성거림 같았다. 회장은 공식적으로 사건의 내용을 보고했다. 회의에 참석한 대부분의 사람들은 알고 있는 내용이었지만 회의의 형식을 맞추기 위한 짧은 브리핑이었다. 회장은 최대한 자신의 주관적인 시선을 빼고 사실만을 얘기했다. 그러나 본인의 마음까지는 감출 수 없었는지 그의 목소리는 이미 약하게 떨리고 있었다. 어쩌면 일부러 그런 것 일수도 있다는 생각이 들었다. 그는 표정으로 이미 본인의 억울하고 분한 사정을 충분히 표현하고 있는 듯했다. 여기저기 회장을 위로하고, 옹호하는 소리가 조금씩 커져갔다.

K의 비정상적인 행동에 분개하는 사람이 많았다. 수고비 백만 원을 내놓으라 했다는 비상식적인 얘기에는 모두가 헛소리라며 고개를 저었다. 손을 들고 의견을 발표하는 대부분의 사람들도 같은 내용을 떠들었다. 회장은 우리가 뽑아 놓은 우리의 얼굴입니다. 결국 K는 우리의 얼굴에 스스로 술을 부었고, 말도 안 되는 주사로 우리의 품위를 손상했습니다. 퇴출은 정당한 조치라고 생각합니다. 국회의원 출마 연설 같은 누군가의 의견에, 어디선가 박수가 터졌다. 박수 소리가 들리는 곳을 향해서 고개를 돌리는데, 박수 소리는 방 안 여기저기서 이어지고 있었다. 옳소, 하는 찬성의 소리도 여기저기서 들리자 누군가는 환호의 휘파람을 불었다. 순식간에 방 안이 소란스러워졌다. 회의에 마침표를 찍은 듯한 그 역시 L의 한 무리였다.

L이 일어섰다. 사람들의 시선이 그를 향하고 있었다. 일어선 그는 실내가 조용해지길 잠시 기다렸다. 소란스럽던 방 안이 서서히 잠잠해지고 있었다. 그는 군중의 심리를 다스릴 줄 아는 사람이었다. 모두가 침묵할 때까지 그는 끈기 있게 기다렸다. 실내에 있던 모두가 입을 닫고 그를 바라보았다. 우리는 대학도, 직장도 아닌 그저 같은 취미를 가진 동호인끼리 활동하는 일반산악회입니다. 일반산악회에서 강제 퇴출은 과장된 강요로 보여집니다. 이번 K가 한 실수는 그저 실수일

뿐이다, 라고 생각하고 진정성 있는 사과를 받는 차원에서 마무리되었으면 합니다. 회장님은 어떻게 생각하십니까? 뜻밖의 L의 제안에 모두가 말을 잇지 못했다. 잠시 숙연해지는 틈에 회장이 일어났다. 그렇습니다. 저도 함께 활동하던 회원인데 퇴출까지는 무리라고 생각했습니다. 저도 그저 진정성 있는 사과와 함께 다시는 이런 일이 없겠다는 다짐 정도면 적당할 것 같습니다. 여기저기서 박수가 터졌다. 실내는 다시 소란스러워지고 있었다. 나는 일어서 있는 L과 회장의 얼굴을 쳐다보지 않았다. 이건 저들이 잘 짜놓은 극본에 불과했다. 회의는 저들의 의도대로 흘렀고 이렇게 마무리될 것이 분명했다. 가슴이 답답해졌다. 방바닥은 뜨거웠고, 받아 놓은 소주잔은 미지근했다. 묵지룩하게 꼬리뼈의 통증이 다시 시작되고 있었다.

어떻게 할래? L이 물었을 때, 나는 몰러유 라고 대답했다. 나는 내 대답이 그에게 최대한 심드렁하게 전달되도록 천천히 말했다. 흡, 하고 그의 숨고르기가 들렸다. 그보다 먼저 내 목구멍이 간질간질했다. L은 땅에 떨어진 회장의 위신이 안타까울 것이다. 어떻게 해서든 최대한 빨리 회장의 명예를 찾아주고 싶어 할 것이다. 간질간질한 목구멍에서 웃음이 비집고 나왔다. 웃음을 들키지 않으려고 목구멍 깊숙이에서 카악, 가래를 올렸다. 퉤, 하고 가래를 뱉어내는데, 그의 목소리가 들렸다. 네가 K에게 말해라. 회장에게 빠른 시간안에 사과해야 한다구. 다시 목구멍이 간질였다. 비집고 올라오는 웃음을 견딜 수가 없었다. 에이 형님, K가 어린애유? 내가 시킨다구 갸가 내 말을 듣나. 내가 들어도 웃음이 묻어 있는 내 말투는 L에게 틀림없이 비아냥거리는 것으로 전달되었을 것이 뻔했다. 꼭 이러자고 작정한 상황은 아니었지만, 이왕 이리 된 것도 내게는 나쁘지 않은 상황이 되었다. 그래서? 가라앉은 L의 말투에 나는 그가 화를 참고 있다는 것을 알 수 있었다. 나는 다시 몰러유, 하고 대답했다. 그러다가 마지못해 말하는 듯 한마디 던졌다. K는 사과 같은 건 할 맘이 없다던데유, 걔가 좀 모자르잖어유, 왠마안하면 회장이 한번 참아주지, 술 먹고 실수 한건데, 모… 흐흐. 기어이 목구멍을 간질이던 웃음이 비어져 나와 말끝에 매달리고 말았다. 잠시 수화기 건너편으로 침묵이 건너왔다. 내가 들어도 엉토당토 않을 내 말에 대답을 고르고 있을 것이다. 알았다. L은 짧은 대답을 끝으로 성급하게 전화를 끊었다. L이 많이 화가 났다는 사실이 나는 재미있었다. 묘한 쾌감이 목구멍을 계속 간질이고 있었다. 그래, 많이 화내고 억울해라. 약이 머리 끝가지 올라서 도저히 그냥 넘어갈 수 없는 심정이 되어라. 나는 깊은 밤, 11월의 찬바람이 부는 베란다에

서서 흐물흐물 웃었다.

회장과 L, 사람들은 대체로 그들을 온화한 성품이라고 말한다. 산악회 내에서 특별히 문제가 생기는 것을 싫어하고 누구에게나 친절했다. 오늘이 지나면, 어제의 일쯤은 하나의 해프닝으로 생각하고 그냥 은근슬쩍 넘겨버릴 것이다. 내가 특별히 다른 대응을 하지 않는다면 산악회 내부에서는 아무도 이번 일을 문제 삼지 않을 것이다. 그들은 착한 사람이니까. 혹은 회장이 정말로 약이 올라서 그동안의 그가 보여 준 면모와 다르게 해결을 보려고 덤벼들지도 모른다. 내가 생각해도 사태가 심각하긴 했으니까, 그 방향을 전혀 고려하지 않을 수는 없는 일이다. 그렇게 일이 진행된다면 내게는 오히려 재미있는 상황이 된다. K는 팀에서 퇴출되고 회장은 여태까지 지켜왔던 자신의 이미지에 반전을 주게 되는 경우다. 어찌 되었건 사건은 우리 산악회를 아는 여러 산사람들의 입방아에 여러 번 오르내리게 되고, 어쩌면 각색되고 재생산된 소문이 온 산을 돌고 돌아 끊임없이 회장을 괴롭힐 것이다.

사실 내가 L과 회장으로 대표되는 그의 무리들과 처음부터 이렇게 사이가 나빴던 것은 아니다. 우리는 이름 없는 산악회를 함께 만들었고 함께 키웠다. 그들과의 추억은 장편의 베스트셀러만큼이나 무궁무진하다.

갑자기 한 편의 일화가 생각이 났다.

　초겨울이었다. 바위를 타기에는 춥고, 얼음은 얼지 않아 등반이 마땅치 않은 계절이었다. 주말에 산이 아니면 달리 시간을 보낼 것도 없어서 우리는 만경대 릿지나 올라볼까 하며 북한산을 찾았다. 백운대도 보이고, 인수봉도 보이는 백운산장 밑자락에 앉았다. 처음에는 라면이나 하나 끓여먹고 금방 내려갈 요량으로 자리를 잡은 것이다. 해가 어스름 지는 저녁이 되자 우리는 텐트를 쳤다. 어차피 주말인데, 이렇게 밤새 술이나 먹자, 하며 술판이 벌어졌는데 눈이 오기 시작했다. 술에 취했는지 눈에 취했는지 우리의 술자리는 끝나지 않았다. 정확히 말하면 끝날 수 없었다고 해야 할 것이다. 잠시 후 어떤 형님이 지나가다 들르면서 반가움 없어서 술 한 잔 주고 사연 한 보따리를 풀어냈다. 형님은 자신이 마신 술병보다 더 많은 술병을 꺼내 놓고 퇴장한다. 이번에는 어떤 동생이 들린다. 동생도 술 한 잔 주고 사연 한 보따리 풀어 놓더니 역시 더 많은 술병을 꺼내주고 퇴장한다. 어떤 형님과 동생은 이 사람이기도 하고 저 사람이기도 하였다. 그들은 한때 함께 자일을 묶었던 악우들이었다.

　눈은 다음 날도 내렸고 우리는 그렇게 오고 가는 형님, 동생들과 술을 마셨다. 다음 날에도 눈은 그치지 않았다. 눈이 그치지 않았기 때문에 우리는 산을 내려갈 수 없었고, 계속 술을 마셨다. 눈이 그친 다음 날 산을 내려오는 회장의 등 뒤로 쌀 한 가마니 부피의 빈 소주병이 업혀있었다. 나와 네 살 차이의 동생인 회장의 나이가 스물의 초반이었으니, 우리 모두 무섭게 음주를 즐기는 청춘의 시절이었다. 3일간의 결근 때문에, 나는 월급이 조금 깎이는 불편이 있었지만 당시 김포공항 전기실에서 근무하던 L은 국제선에서 국내선으로 강등 발령받았다고 했다. 지금 생각하면 어리석은 객기라고 생각할 수 있겠지만 문득 그리워지는 시간이었다.

  회의는 K의 진정성 있는 사과가 새로운 화두로 올랐다. K가 어떤 방식으로 회장에게 사과의 뜻을 전해 오는지 우선 알아보겠다는 뜻이었다. L과 회장은 여전히 서 있는 채로 동시에 나를 바라보고 있었다. 나는 그들의 시선을 느끼고 있었지만 애써 모른 척하고 있었다. 뜨거운 방바닥을 탓하기라도 하는 양 공연히 엉덩이를 들썩였다. 사실은 진즉부터 느껴오던 꼬리뼈의 묵지룩한 통증이 아까부터 신경 쓰이던 중이었다. 통증 때문에 여전히 무료하고 지루한 회의가 짜증스럽게 느껴졌다. 시간이 지날수록 허벅지에서 나던 달그락 소리도 점점 크게 들려오는 듯했다. 나는 불편한 허벅지를 주물렀다. 가슴은 여전히 답답했다. 뜨거운 방 안의 공기 때문이리라.

회장의 분명한 목소리가 들렸다. 형님께서 회의의 내용을 K에게 전달해 주십시오. K가 우리의 제안을 굳이 거절한다면 저희로서는 퇴출로 처리할 수밖에 없다고 알려주시기 바랍니다. 분명 나에게 하는 말이었다. 나는 여전히 그들의 시선을 외면한 채 허벅지를 주무르고 있었다. 회장의 힘 있는 목소리가 다시 들려왔다. 회의는 20분 후에 다시 시작하겠습니다. 형님께서는 그동안 연락해 보시고, K의 대답을 이 자리에서 공개해 주시기 바랍니다. 회장은 회의의 내용이 만족스러웠는지 자신감 있는 어조였다. 처음과 같은 긴장감은 느껴지지 않았다. 회의가 잠시 중단되자 실내는 다시 소란스러워졌다. 대부분의 사람들이 자리에서 일어났다. 화장실을 가는 사람들과 뒤풀이를 위해 음식을 준비하는 사람들로 복잡했다. 자리에 앉은 사람들은 회의 시간 동안 참았던 소주잔을 다시 들었다. 흡연족들도 서둘러 밖으로 나갔다.

벽에 걸린 시계를 흘낏 보니 새벽 두 시가 조금 안 되는 시간이었다. 늦은 시간이지만, K에게 전화를 걸어야 했다. 어차피 녀석도 깨어 있을 것이다. 지금 구곡폭포 밑에 있는 민박집에서 내 전화를 기다리고 있을 터였다. 내일 팀은 구곡폭포를 등반하기로 계획되어 있기 때문에 녀석은 미리 올라가 있다가 내일 팀과 합류하기로 되어 있었다. 물론 오늘 회의 내용에 따라 녀석의 처지가 애매하기는 했다. 내일 아침에 일찍 들어오라는 내 말을 녀석은 굳이 오늘 밤부터 민박집에 있겠다고 고집을 부렸다. 총회에 참석하지 말라는 내 말을 전해 들을 때부터 녀석은 몹시 불안한 기색을 보였다. 짤리는거유? 심하게 떨리는 음성을 감출 여력도 없이 그대로 전해오는 녀석과의 통화에서 나는 녀석의 불안을 느낄 수 있었다. 이미 녀석의 불안은 내가 해줄 수 있는 어느 말도 소용없다는 것을 나는 알고 있었다. 용기를 줄 수도, 위로를 건넬 수도 없는 상황이었다. 핸드폰을 들었다. 뭉근한 꼬리뼈의 통증과 달그락거리는 허벅지를 느끼면서 일어서기 위해 무릎을 세웠다. 방의 안쪽에 앉았던 내가 일어서자 입구까지 앉아 있던 회원들이 전부 일어났다. 팀 내 서열이 제일 높은 나를 위해 그들이 길을 내줬다. 내가 지나갈 때 일부는 무릎에 손을 붙인 엉거주춤한 자세로 허리를 숙이며 인사를 했다. 내가 그들을 번거롭게 하였다 해도 누구 하나 싫은 낯색을 할 수는 없는 일이다. 적어도 내 앞에서는.

바깥문을 열자 구곡의 찬 기온이 얼굴로 훅 끼쳐왔다. 뜨거운 방에서 벌겋게 익은 얼굴에 닿은 찬 기온에 진저리가 났다. 문 앞에 설치된 야외 테이블에 앉아 있던 몇 명의 회원들이 황급히 일어나며 인사를 했다. 누군가 많은 신발들 사이에서 용케 내 신발을 찾아들고 내 발 밑에 가져다주었다. 응, 인사에 짧은 대꾸를 하며 신발을 신었다. 추위를 막기 위해 둘러친 비닐 천막을 걷으며 걸음을 옮겼다. 그저께 내린 첫눈에 산수정 민박집 주변은 온통 새하얀 눈으로 뒤덮여 있었다. 주차장 뒤로 난 작은 샛길도, 숙소 뒤로 병풍처럼 둘러친 산자락도, 개울을 건너는 조그만 다리도 흰 눈에 쌓였다. 마치 크리스마스카드에나 그려져 있을 듯한 풍경이었다. 문배마을에서 폭포를 타고 내려온 물줄기가 흘러가는 개울에도 흰 눈은 덮여 있었다. 군데군데 얼음을 뚫고 물이 흘러가고 있었다. 얼어있는 개울 밑으로 졸졸 물 흐르는 소리가 낮게 울렸다. 새벽 두 시의 차가운 공기가 시원했다. 청명한 별빛이 겨울 하늘에서 반짝이고 있었다. 공기 중에 떠돌던 습기가 낮은 기온에 얼어 눈송이처럼 얼굴에 닿았다. 차가운 촉감을 느낄 수 있었다. 오랜 경험으로 알 수 있었다. 내일은 틀림없이 등반하기 좋은 날씨다. 오늘 밤 추위에 폭포는 더욱 단단히 얼어붙을 것이다. 단단한 얼음을 찍는 피켈의 감각이 손끝으로 전해오는 듯했다. 아이젠을 힘껏 꽂고 무릎을 펴며 한 발 내딛었을 때의 뿌듯한 감동이 지금 상황인 양 긴장되었다. 묵지룩했던 꼬리뼈의 통증이 갑자기 사라지는 기분이었다. 차가운 공기가 상쾌하게 느껴졌다.

L을 처음 만났던 때는 30년도 훌쩍 넘은 저편, 내 나이 스물의 중반을 넘어가고 있던 무렵이었다. 바위 등반에 흠뻑 빠져, 그야말로 물불 안 가리고 북한산 인수봉에 달려들던 때였다. 한남슈퍼에서 부식을 사면서 마주치고, 대슬라브 밑에서 암벽화 신발 끈을 당기면서 마주치고, 인수봉 여러 루트에서 자꾸 마주쳤다. 같은 취미를 가졌다는 것만으로도 호감을 갖게 되었다. L은 사람 좋아 보이는 미소를 짓고 듣기 좋은 목소리를 가졌다. 비가 오던 6월의 어느 날, 무당골에서 야영을 했다. 일기예보는 다음 날도 비가 온다고 했고, 장마를 탓하며 일행들과 이른 저녁부터 술을 마셨다. 그러다가 옆에서 야영하고 있던 L의 일행들과 합석하게 되었다. 비가 오는 날, 산에서는 술을 마시거나 잠을 자는 것 말고 달리 할 수 있는 일이 없었다. 그렇다고 일찍 하산하여 집으로 돌아갈 마음도 없었다. 다음 날도 산행을 할 수 없는 일정을 핑계로 그날은 편하게 시작한 술자리였을 것이다. 우리는 서로 과장 섞인 등반 경험을 떠들기도 하고, 루트에 대한 정보도 주고받았다. 빗소리에 섞여 인수봉과 선인봉이 자리 잡았고, 토왕폭포와 울산암도 우리와 함께 떠들고 있었다. 좁은 텐트에서 가스등을 켜고 정어리통조림을 넣은 김치찌개가 안주의 전부였다. 도수 높은 2L 소주병을 몇 개 비워내고서 우리는 뭉치게 되었다. 그 밤에 우리는 같

은 이름을 가진 산악회를 가졌다. 함께 바위를 타던 6명의 일행이 창설기가 되었다.

  그 후 많은 사람들이 우리와 함께 등반하고 싶어 했다. 그러자 L은 교육을 시켜야겠다고 했다. 무조건 회원으로 받아 주지 않겠다는 것이었다. 후원자들을 모아 8주의 주말 동안 암벽에 대한 교육을 시켰다. 자료는 L이 준비했다. 토요일 야영을 하면서 매듭법과 등반기술에 대한 이론, 산악인들이 즐겨 부르는 노래까지 가르쳤다. 물론 가장 중요한 안전교육도 빠뜨리지 않았다. 일요일은 실전이었다. 무당골 연습바위에서 하강기술을 시작으로 갖가지 실전에 필요한 등반기술을 꼼꼼하게 가르쳤다. 철저하게 준비된 교육은 산에 다니는 사람들을 중심으로 조금씩 입소문이 났다. 창설 후 4~5년째부터는 코오롱등산학교나 대한산악연맹에서 실시하는 교육보다 더 인기가 있을 정도였다. 이유는 있었다. 우리는 교육비를 받지 않았기 때문일 것이다. 교육비를 받지 않은 것은 많은 사람들을 팀의 회원으로 흡수하고자 한 전략이었다. 물론 L의 계획이었다.

  교육생들은 8주의 마지막 날, 즉 5월의 마지막 토요일 팀에서 자체적으로 준비한 수료증을 받았다. 그때서야 비로소 그들에게 팀의 회원이 될 수 있는 자격이 주어졌다. 교육기간 동안 보여준 팀의 단결과 실력을 신뢰하는 모든 교육생들이 회원이 되고 싶어 했다. 첫 번째 교육을 받은 사람들은 팀에서 1기라는 위치가 주어졌다. 이듬해 들어온 사람들은 2기가 되었고, 역시 다음 해는 3기가 되었다. 작년에 우리는 서른다섯 번째의 기수를 받았다. 기수로 표시되는 각자의 위치는 군대에서의 계급처럼 철저한 상하 관계로 유지되었다. 실제적인 나이보다 산에서의 경력이 더 중시되었다. 꾸준히 회원이 늘어나자 산악회는 왕성한 활동력을 보여 주었다. 곧, 인수뿐 아니라 전국적으로 산악회의 위상이 높아졌다.

  L이 교육을 중심으로 팀의 부피를 키울 때, 나는 몇 명의 회원들과 등반력을 높이는 훈련에 집중했다. 우리는 인수봉에 우리의 이름을 단 새로운 루트를 개척했다. 하계 여름훈련으로 설악산 토왕폭포를 등반하고, 두타산 낙화암의 우벽에도 루트 개척을 끝냈다. 팀의 창설 후 10년이 지날 무렵, 나는 10명의 회원들과 미국 요세미티 하프돔 원정등반을 떠났다. 원정등반을 공지해서 목적지를 정하고 인원을 꾸리고 자료를 수집하고 훈련일정을 잡는 등의 모든 등반일정은 내가 준비해야 했다. 나는 주기적으로 2~3년마다 이름 있는 봉우리에 대한 해외 원정을 계획하며, 아이거 북벽이나 드류 북벽 같은 거벽에 대한 도전을 멈추지 않았다. 덕분에 우리 산악회는 '등반명가'로 평가되고 있었다.

당연하게 팀은 해외 원정팀과 일반 등반팀으로 이원화해서 운영되었다.

  나는 처음 해외 원정을 계획하면서 L과 나의 등반 취향이 매우 다르다는 것을 알 수 있었다. 등반력을 필요로 하는 기술등반이 내가 추구하는 산 생활이라면, L은 화합과 재미를 우선하는 생활산악을 추구했다. 나는 무조건 오르자고 했고, L은 천천히 가자고 했다. 매월 등반일정에 한 주는 워킹 산행으로 잡아 회원들이 편하게 참가할 수 있도록 했다. 가끔은 체육대회 같은 것을 기획하여 회원들의 단합도 유도했다. 정말 암벽과 빙벽 그 자체를 즐기는 소수의 사람들이 내 옆으로 모여들었고, L의 곁에는 다양한 사람들이 몰려있었다. 그는 리더로 대접받았고, 나는 등반대장의 역할을 맡았다. 우리는 서로를 존중했다. 적어도 겉으로는.

  나는 오름짓의 쾌감을 아는 전문 산악인들 사이에서 꽤 유명했다. 산악인 전문 잡지 같은 곳에서의 인터뷰 요청이 많았다. 공중파 TV에도 출연했다. 당연히 우리 산악회의 이름이 유명세를 탔다. 팀은 산악회의 이름으로 국제연맹에서 아시아를 대표하는 큰 상을 받았다. 산악회는 나와 더불어 높아지고 명성을 얻었다.

  나는 다시 손에 들린 전화기를 보았다. 전화를 해야 한다. K도 기다리고 있을터였다. 묵지룩한 꼬리뼈의 통증이 가슴으로 옮겨 갔는지 가슴 한끝이 저릿해져 왔다. L의 의도대로 회의가 진행되었고, 내가 예상치 못했던 결과가 나왔다. 결국 아무런 일도 일어나지 않게 되었다. 변한 건 없다. L과 나, 우리를 둘러싼 각각의 무리들. 내 계획대로라면 그들은 K를 잘라내고 오래도록 비난받아야 했다. 그런데 사과라니. 있을 수 없는 일이다. 심지어 '진정성 있는'이라고? 젠장.

나는 자꾸 헛웃음이 나왔다. 내가 한 달여를 총회를 기다리며 기대했던 것은 무엇이었을까. 나는 그들의 불명예를 원했다. L과 회장은 아무런 행동도 하지 않는 K에게 분개했을 것이다. 아니, 나에게 더욱 그러했을 것이다. K의 뒤에서 그들에게 싸움을 걸고 있는, 결국 싸워야 할 상대는 어차피 나였을 것이다. 그들은 나의 의도를 눈치챘음이 틀림없다. 결국 이런 사단이 벌어지고 말다니. 사과라고? 여전히 가슴이 저리다. K가, 혹은 또 다른 K가 퇴출당한다 한들 나는 상관이 없었다. 그런데 공개적인 사과를 하라는 것은 문제가 다르다. 그것은 내가 L에게 무릎을 꿇고 마는 것과 같은 느낌이다. 가슴 밑바닥 저릿한 느낌은 차츰 분노로 바뀌고 있었다. 슬금슬금 화가 치밀고 있음이 느껴졌다. 나는 숨 한 번 고르고 하늘 한 번 쳐다보며 하염없이 찬바람을 맞으며 서 있었다. 회장에게 잘못을 빌기만 하면 쫓겨나지 않는다는 소식을 K에게 전하면, 어쩌면 그는 지금 당장이라도 이곳으로 달려올 것이다. 오늘 밤 바로 열 번이라도 사과할 준비가 되어있는 그다. 그러나 나는 아직 K에게 전화를 걸지 않고 있었다.

발자국 소리가 났다. 돌아보니 팀의 막내였다. 막내라고는 해도 서른은 넘었을 나이에 뒤늦게 바위를 탄다고 열심인 녀석이었다. 눈매가 서글하고 붙임성이 좋아서 막내 역할을 훌륭히 해내고 있었다. 형님, 회의에 얼렁 오시랍니다. 무엇이 어려운지 눈도 마주치지 못하고 모로 서서 손만 비비고 있었다. 어, 그래. 내가 대답을 하자 허리를 꾸벅 숙이고 뒤돌아 뛰어갔다.

겉옷을 걸치지 않은 어깨로 한기가 배어들고 있었다. 전화기만 만지작거리다 결국 K에게는 전화를 걸지 못했다. 아직은 타협되지 않은 무언가가 가슴을 짓누르고 있었다. 회의 장소로 걸음을 옮기는데 앞서가던 막내 녀석이 L의 등 뒤로 다가서는 모습이 눈에 들어왔다. 한 무리의 흡연족들 사이에 L이 서 있었다. 막내는 L의 허리를 감고 헤벌쭉 웃음을 흘렸다. 알았다, 알았다. L의 대답이 들리고 흡연족들이 서둘러 담배를 껐다. 누군가 막내의 머리를 헝클어뜨리며 도망갔다. 에이, 씨. 하면서 막내가 쫓아갔다. L과 천천히 걸어가는 흡연족들의 웃음소리가 차가운 밤공기를 뚫고 하늘로 올라가고 있었다. 그들은 무척 친숙해 보였다. 여태껏 내 가슴을 짓누르는 무언가가 더욱 무겁게 느껴졌다.

강촌에서 올라온 강바람이 한바탕 휘몰아쳤다. 쌓여 있던 눈가루가 바람결에 올랐다가 반짝이며 내려앉고 있었다. ✻

—《문학나무》 2020년 신인상 발표

메기가 전하는 말

메기가 전하는 말

플라스틱 통 속에 담겨 있는 것은 메기였다. 좁은 통 안에서 메기는 제 한 몸도 제대로 펴지 못하고 있었다. 그럼에도 여전히 꼬리를 흔들고 있는 것으로 봐서 살아있는 것이 분명했다. 매운탕 집에서나 보았던 메기의 굵은 수염이 푸른빛이 도는 물속에서 하늘거리고 있었다. 강기슭에 놓여진 수많은 파란색 플라스틱 통은 지름 20센티에 높이가 30센티쯤 되어 보였다. 언젠가 저 정도 크기의 플라스틱 통을 음식물 쓰레기통으로 썼던 적이 있었다. 그때 내가 썼던 플라스틱 통은 빨간색이었는데, 지금 강가에 있는 통은 파란색이라는 것만 다를 뿐이다. 뚜껑과 손잡이가 있어서 음식물 쓰레기통으로 쓰기에 맞춤이라고 생각했던 기억이 났다.

버스에서 내리면서 제일 먼저 눈에 띈 것은 파란색 플라스틱 통들이 강기슭을 따라 무작위로 놓여 있는 모습이었다. 통들의 손잡이는 내려져 있었지만 뚜껑은 보이지 않았다. 얼핏 보며 어림잡아 본 숫자가 백 개 정도는 되어 보였다. 관광버스 3대가 움직였으니 아마도 버스를 타고 온 신도들의 숫자쯤 되는 것 같았다. 나는 플라스틱 통 속에 담긴 것이 거북이나 자라가 아니고 메기라는 사실이 신기했다. 보통 방생 행사에 쓰이는 것이 거북이나 자라라는 말을 들었던 적이 있어서 오늘 막연히 거북이나 자라일 것이라 생각하고 왔던 것이다. 사실 나는 거북이와 자라를 따로 구분하지는 못한다. 그 둘의 닮은 모양새만 알고 있을 뿐이다. 큰 몸통에 붙어 있는 작은 머리와 짧은 팔, 다리를 한 그 모양새를 상상하고 들여다본 통에는 예상치 못하게 메기가 있었다.

좁은 통 안에서 메기는 C자를 그리며 천천히 움직이고 있었다. 통 속의 낮은 물 안에 다 감추지 못한 검은 등이 수면 위에서 번들거렸다. 길고 굵은 메기 특유의 수염이 천천히 움직이는 머리통을 따라 하늘거리고 있었다. 신기한 표정으로 들여다보고 있는 내게 한 남자가 소리쳤다. 아직 가져가면 안돼요. 남자의 투박한 외침에 고개를 들었다. 가져갈 생각이 전혀 없었던 나는 남자의 소리에 흠칫 놀라 남자를 노려봤다. 이따 법회 끝나면 다 같이 드릴 겁니다. 내 눈길에 당황했는지 남자가 궁색한 변명을 했다. 남자는 법복을 입지 않은 것으로 봐서 스님은 아닌 듯했다. 아마 절에서 허드렛일을 도와주는 사람이거나 경험 많은 신도들 중 한 사람일 것이다. 어쩌면 메기를 파는 사람인지도 모른다. 오는 동안 강둑을 따라 매운탕집들이 여럿 보였던 것이 생각났다. 그들은 양식한 메기를 방생회를 하는 절에 팔고 신도들이 돌아가면 방생한 메기들을 다시 잡아들일지도 모른다.

  3월이라고는 하지만 아침 내내 비가 내려서인지 쌀쌀한 날씨였다. 안내장에 정월법회라고 적힌 것을 보면 음력으로는 아직 1월인 것이다. 차가운 날씨가 당연했다.

  일주일 전 즈음이었다. 정월법회에 방생회를 한다는 안내 글이 문자로 떴다. 방생이라면 잡혀있는 물고기나 새 등 살아있는 생물에게 자유를 혹은 생명을 주는 행위인 것은 알고 있었다. 나는 절에서 보낸 안내 문자를 가만히 들여다보았다. 마음이 가볍게 일렁이는 것이 느껴졌다. 문자를 보면서 나는 왠지 방생회에 가보고 싶다는 생각을 했다. 자유라는 단어가 생각을 따라 천천히 가라앉고 있었다. 그동안 방생회는커녕 일반적인 법회에도 참석해 본 적이 없는 나였다. 그런데 왜 갑자기 그런 생각이 들었는지는 나도 잘 모르겠다. 어쩌면 일반 법회가 아닌 방생 법회이기에 참석하고 싶은 마음이 든 게 아닐까 생각했다. 혹은 때마침 들려온 종소리 때문인지도 모른다. 평소에는 잘 들리지 않았던 종소리가 들려 온 것도 이상한 일이었다. 해 질 녘의 붉은 석양빛이 거실을 물들이고 있었다. 식탁에 앉아서 가만히 들여다보는 핸드폰에도 석양빛이 스며들었다. 아들의 얼굴이 잠깐 오버랩 되었다.

아들의 결혼 날짜가 정해졌다. 10월 말쯤이니 아직 몇 개월이 남았다. 결혼식 날짜를 알려주면서 아들은 예식장이 없어서 예약 잡기가 힘들었다고 투덜거렸다. 정해진 날짜보다 더 빠른 날짜에 결혼식을 하고 싶었던 모양이다. 나는 아들이 생각 없이 투덜거리는 모습을 보며 공연히 화가 났다. 서른의 나이에 하는 결혼이 요즘 세대에 절대 늦었다고는 할 수 없는 것을 잘 알면서 저렇게 안달을 할까. 아들의 모습이 예뻐 보이지 않았다. 오히려 머리를 한 대 쥐어박고 싶을 만큼 아들의 모습이 얄밉게 느껴졌다. 약속한 시간보다 한참을 늦게 나타나 놓고 아들은 대뜸 팸플릿부터 식탁에 늘어놓았다. 휴일이었다. 점심을 같이 먹기로 약속이 되어 있는 날이었다. 아들이 독립을 하면서부터 정해진 약속이었다. 한 달에 두 번, 즉 둘째, 넷째 토요일에 우리는 꼭 함께 점심을 먹었다. 오늘은 뒤늦게 며느리가 될 아이와 함께 들어오며 늦게 나타난 이유가 이것이라는 것을 변명하고 있었다. 어제저녁 통화할 때까지도 애기가 없었던 일이었다. 아마도 갑자기 정해진 일정 같았다.

  대학을 졸업하고 취업이 세종시로 결정되면서 아들은 홀로 살기를 해야 했다. 아들과 떨어져 사는 것이 처음은 아니었다. 아들은 고등학교를 기숙학교에 다녔고 군 생활도 있었으니 아들과 떨어져 사는 것에는 어느 정도 익숙한 점도 있었다. 그러나 고등학교를 다니는 동안에는 주말이면 아들을 픽업해야 했고 휴일은 온전히 아들과 함께 보냈다. 군 생활도 아들은 다른 이들보다 휴가가 빈번했다. 거의 한 달이면 일주일은 집에서 휴가를 보냈던 것 같다. 아들은 자신의 능력이라고 했고, 그런 아들이 남편과 나는 자랑스러웠다. 대학은 집에서 다녔다. 남편의 직장이 수원이었지만 아들의 학교를 따라 서울로 이사를 해야 했다. 자취를 싫어하는 아들의 신경질을 견디지 못하고 남편이 대신 고생하기로 했던 것이다. 출퇴근의 긴 시간이 고생스러워도 남편은 가끔 회사에서 자면서도 이사를 할 생각은 하지 않았다. 그렇게 아들은 나와 남편의 보호를 필요로 했었다. 그렇다 해서 이번에도 아들의 직장을 따라 우리가 세종시까지 따라갈 수는 없는 일이다. 이제 정년을 몇 년 앞 두고 있는 남편의 회사생활을 여기서 정리할 수는 없었다. 물론 세종시까지 출 퇴근을 한다는 것 역시 무리였다. 아들도 우리의 상황을 바로 인정했다. 아들이 선선히 사택으로 들어가겠다고 말해주던 날, 우리는 아들이 대견하다 못해 너무도 고마워서 나는 눈물까지 찔끔거렸다. 그렇게 우리와 함께 지내는 것을 좋아하던 아들이었는데 하고 생각이 미치자 알 수 없는 배신감까지 들었다.

  아들은 식탁 위에 자기가 오늘 다녔던 예식장들의 팸플릿을 펼쳐 놓고 이리저리 뒤적이고 있었다. 여기가 더 맘에 들었는데 날짜가 안 맞는다는 둥 여기는 이점이 좋더라는 둥 여기는 다른 곳과 다른 어떤 이벤트를 해 준다는 둥 하는 소리를 열심히 떠들고 있었다. 남편은 아들의 설명을 들으며 아들과 함께 팸플릿을 들었다 놓았다 하며 아들을 쳐다보고 있었다. 열심히 말을 하는 아들의 얼굴이 알 수 없는 이유로 상기되어 있었다. 남편의 얼굴도 아들의 얼굴처럼 붉었다. 아들과 남편의 눈이 흥분으로 번들거렸다. 나는 남편의 옆에 앉아 공연히 불편해지는 마음에 이마가 찡그려졌다. 아들의 설명은 들리지 않고 눈으로 며느리가 될 아이를 뒤쫓고 있었다. 아이는 차를 끓이겠다며 조금 전에 일어났다. 주방 한 쪽에 있는 찻주전자에 정수기의 물을 받고 있었다. 아이의 긴 생머리가 움직임에 따라 허리춤에서 흔들렸다. 검은색의 건강한 머릿결이 불빛에 반사되어 은빛으로 빛났다. 잔 꽃무늬가 프린팅된 집은 감색의 시폰 원피스가 잘룩한 허리선을 지나 아이의 종아리에서 하늘거렸다. 아이는 정수기 물을 받은 주전자를 가스레인지에 올렸다. 타다닥. 가스레인지의 불꽃 튀는 소리가 작게 들리다가 불이 붙었다. 어머니, 찻잔은 어디에 있어요? 조심스러운 말투와 함께 아이가 등을 돌려 나를 보았다. 무심히 아이의 뒤를 쫓던 내 눈길과 아이의 눈길이 얽혔다. 아이의 얼굴에 당황한 빛이 드러났다. 아이보다 더 당황한 내가 황급히 눈길을 피하며 일어섰다. 그러게, 찻잔을 어디에 두었더라.

나는 실수인 척 남편의 어깨를 치며 식탁에서 빠져나왔다. 남편은 내가 자신의 어깨를 친 것쯤은 전혀 모르는 눈치였다. 진짜 실수로 몸이 부딪힌 것으로 생각하는 것 같았다. 어쩌면 불편한 내 심사를 눈치채고 이내 모르는 척하고 있는지도 모른다. 유난히 아들의 말에 집중하는 것처럼 보이는 것은 진즉에 내 기분을 알아차린 것 같기도 했다. 나는 남편의 등을 훑기면서 의자를 밀었다. 그리고 바로 얼굴에 내 기분이 드러나지 않도록 신경 쓰면서 주방으로 향했다. 멋쩍게 서 있는 아이를 보며 나는 애써 웃어보였다. 부드러운 인상으로 보이기 위해 입꼬리를 한껏 올리고 눈을 게슴츠레 떴다. 아이와 눈을 맞추며 웃자 아이의 얼굴에 나타난 긴장한 빛이 서서히 풀렸다. 아이의 얼굴이 풀리는 것을 확인하며 나는 냉장고 문을 열었다. 야채칸에 있던 포도와 오렌지를 꺼내 개수대로 옮겼다. 아이가 개수대로 다가와 포도를 싼 비닐을 벗겼다. 눈치가 빠른 아이였다. 무엇을 해야 하는지 정도의 가정교육은 되어 있는 아이 같았다. 요즘 젊은 애들 같지 않게 예쁜 짓이다. 내가 할께 너는 식탁에 앉아있어라. 짧은 한마디를 하면서도 부드러운 톤의 억양이 되도록 신경 써야 했다. 심사를 그대로 드러내 아이에게 약점을 잡히고 싶지 않았다.

작년, 우리는 이 아파트로 이사를 했다. 마을 한끝, 산자락에 들어선 아파트였다. 2,600여 세대가 한꺼번에 들어서기 위해 산의 절반쯤을 깍아 내린 것 같았다. 아파트는 산을 조망권으로 홍보해서 큰 인기를 끌었다. 그들의 말처럼 아파트는 산을 바라보고 있었다. 네 개의 계절을 온전히 느낄 수가 있었다. 여러 가지 상황으로 몹시 피로한 나는 위로가 필요했다. 거실 쪽에서도, 뒤편 베란다 쪽에서도 산이 보인다는 것이 이 집을 선택한 이유였다. 계절에 따라 다른 모습을 보여주는 멋진 자연만이 나를 위로해 줄 수 있었다.

이사를 한 것은 아들 때문이었다. 사택에서 지내던 아들이 갑자기 집이 필요하다고 연락을 했다. 사택에서 여러 사람과 함께 지내는 것이 불편하다고 계속 투덜거렸다. 아이의 깔끔한 성격 때문이라고 생각했다.

자식이 하나뿐이라 저 하나 위주로 모든 것을 맞춰주며 키웠으니 누구 탓도 할 수 없는 일이라고 후회했지만 늦은 일이었다. 몇 년 후 결혼시킬 생각에 준비해둔 돈이 있지만 턱 없이 모자랐다. 하늘 높은 줄 모르는 전세 값도 문제였지만 시기도 안 맞았다. 우리가 예상했던 시간보다 몇 년이 앞서기 때문이었다. 적금도 깨고 낮은 이율의 대출도 받았지만 그래도 부족했다. 서울을 벗어나 집을 옮겨보면 어찌 자금이 맞춰질 것도 같았다. 그래서 남편의 출퇴근이 가능한 수도권 외곽으로 알아보고 결정하게 된 이곳이었다.

이사를 하던 날 은은하게 울리던 종소리를 들었다. 아파트의 바로 뒤편에 절이 있다는 것은 그날 알게 되었다. 마침 내가 선택한 집은 단지의 가장자리에 자리하고 있어서 절과는 더욱 가까운 거리인 것이다. 고층에 있는 우리 집에서는 절의 마당이 그대로 보였다. 계약에 앞서 몇 번 둘러봤을 때는 전혀 보지 못했던 모습이었다. 어떻게 이런 걸 놓칠 수 있나. 실수라고 생각하니 조금 황당한 기분이었다. 종소리가 들리는 쪽으로 걸음을 옮겼다. 뒤편의 베란다에 서니 종이 있는 전각의 지붕이 보였다. 종을 치기 위해 한껏 뒤로 몸을 뺏다가 다시 앞으로 움직이는 스님의 옷자락이 펄럭였다. 이사가 끝나가는 오후의 늦은 시간이었다. 석양에 물들어가는 거실의 붉은 빛에 마음이 스산하게 흔들렸다. 호불호가 갈린다는 중개업자의 말을 단지 집의 방향이 서향이라는 것 때문이라고만 생각하고 자세히 묻지 않았던 내가 어리석게 느껴졌다. 같은 평수의 다른 동보다 집값이 조금 싼 것도 어쩌면 절 때문인 것 같았다. 그날의 종소리는 낯선 여행길에서 느끼는 외로움이었다.

 버스는 가평 쪽을 향해 달렸다. 버스에 오른 후 한참을 달려 낯선 풍경 속에서 가평이라는 이정표가 보였다. 특별히 이쪽으로 다닐 일이 없었던 나는 이곳이 어디쯤일까 짐작도 할 수 없었다. 비가 내린 대지는 축축이 젖어 있었고 공기는 차가웠다. 아직 겨울의 민낯이 남아있는 3월은 여전히 냉랭했다. 이른 아침 나는 나란히 있는 세 대의 버스 중 가운데 서 있는 버스에 올랐었다. 자리는 군데군데 비었지만 제법 많은 사람들이 타고 있었다. 여자들이 많이 보이는 중에 간간이 남자들도 섞여 있었다. 대충 지나면서 흘끔 보니 중년의 후줄근한 모습이 나와 비슷한 나이쯤 되어 보였다. 아는 사람이 없어서 공연히 멋쩍은 생각이 들었다. 왜 오늘 굳이 길을 나섰는지 낯선 사람들 틈에서 약간의 후회가 밀려왔다. 일행들인지 서로 이야기를 나누는 사람들을 지나 뒤편에 비어있는 자리를 향해 걸었다. 한 여자가 나를 쫓아왔다. 여자가 쫓아 오는 것을 느낀 나는 빈자리가 보이자 서둘러 앉았다. 내가 자리에 앉기를 기다리며 서 있던 여자가 손에 들린 종이를 보며 이름을 물었다. 이름을 대답해 주니 종이를 앞뒤로 넘겨가며 이름을 찾았다. 오늘 참석하는 인원들이 적힌 명단이었던 모양이다. 회비주세요. 이름을 찾았는지 볼펜으로 체크 표시를 하며 나를 보았다. 짧은 파마머리는 흰색과 검은색의 머릿결이 섞여 밝은 회색을 띠고 있었다. 머리는 반백인데 얼굴에 주름이 없어 나이를 가늠하기 힘들었다. 아, 회비요. 나는 더듬거리며 가방을 열고 3만원을 건넸다. 여자가 돈을 받더니 눈을 마주하고 싱긋한 미소를 건넸다. 눈가로 주름이 패였지만 환한 미소였다. 50대 후반이거나 60대 초쯤의 나이를 짐작케 하는 여자는 고른 치열 때문인지 미소가 편안했다.

  나는 창밖을 보며 아무런 생각도 하지 않고 그저 지나치는 풍경을 쳐다보았다. 아무런 생각 없이 있다고 생각했는데 조금 전 여자의 미소가 떠올랐다. 무슨 연상 작용인지 뒤따라 아이의 얼굴이 생각났다. 찻잔을 찾으며 나와 눈이 마주쳤을 때 아이의 얼굴에 나타났던 당황하던 표정이 잊혀지지 않았다. 그때 나는 아이에게 어떤 모습을 보여준걸까. 내가 아이를 노려보고 있었던가. 내가 어떤 얼굴을 하고 있었기에 아이는 당황했던 것인가. 혹시 무섭지는 않았을까. 머릿속이 뒤

엉키고 있었다. 지끈지끈 편두통이 시작됐다. 최근 들어 부쩍 자주 느껴지는 두통이었다.

  사람들은 내 미소가 환하다고 했다. 환하게 웃는 내 모습이 모두 편안하고 예뻐 보인다고 했다. 나는 입이 커서 그렇다고 대답했다. 예쁜 얼굴은 아니지만 미소만큼은 자신 있었다. 누구나 웃는 모습이 예쁘다지만 사진을 보면 잇몸을 드러내며 활짝 웃는 내 모습은 내가 봐도 환해 보였다. 그러던 나인데, 어느 순간부터 미소가 자신이 없어졌다. 아니 웃는 모습이라고 해야겠다. 예전과 같은 표정으로 잇몸을 드러내며 잔뜩 환하게 웃어 보이지만 남들에게도 정말 환하게 보여지는지 알 수가 없는 일이다. 내 미소가 어쩐지 거짓말을 하고 있는 느낌이 들었다. 그리고 그 거짓말을 결국 남들에게도 들켜버린 느낌인 것이다. 나는 점점 웃는 것이 어려워졌다. 웃는 법을 잊어가고 있었다. 어떻게 웃어야 될지 나는 정말 모르겠다는 생각이다. 친구들도 알아챘다. 왜 웃지 않느냐고 자꾸 물었다. 나는 계속 웃었는데 말이다. 점점 웃는 것이 정말 어려운 일이 되어버렸다.

  물끄러미 창밖을 보고 있는 내게 여자가 다가왔다, 떡이 담긴 봉지를 건네주면서 나와 눈이 마주치자 아까처럼 웃어 보였다. 여전히 따뜻하고 편안한 미소였다. 여자의 미소를 보면서 나는 당황스러워졌다. 어떻게 대응해야 할지 잠깐 혼란이 왔다. 처음에는 다들 어색해해요. 여자가 부드럽게 말하며 내 어깨를 쓸었다. 여자의 따뜻한 체온이 손바닥을 통해 전해왔다. 낯선 사람들 틈에 섞이지 못한 멋쩍은 감정이 편안하게 풀어지고 있었다. 여자의 미소에 미소를 보여주지 못하는 나를 여자는 처음 와서 어색해하는 것이라고 생각한 모양이다. 차라리 그렇게 생각해주는 것이 다행한 일이다. 봉지에는 따뜻한 백설기 한쪽과 쑥 절편이 몇 개 있었다. 아침 식사 대신 요기하라고 준비한 듯했다. 누군가 회장님 잘 먹을게요 하자 여자가 손을 흔들었다. 회장이라면 아마도 신도회를 말하는 것이고, 여자가 회장인 것을 나는 짐작할 뿐이었다.

 엄마와 아들은 전생에 애인이었다는데, 당신을 보면 그 말이 맞는 것 같기도 해. 남편의 말에는 비아냥이 묻어났다. 하루 종일 연락이 되지 않는 아들 때문에 신경이 곤두서 있는 때였다. 남편의 빈정거림이 곱게 보일 리 없었다. 무슨 헛소리야! 화풀이 대상을 찾기라도 한 양 남편을 향해 소리를 질러놓고 주방을 향해 뛰듯이 쿵쿵 걸었다. 냉수를 한 컵 들이켜고 괜히 서성이는 중에 종소리가 들려왔다. 아, 절. 나는 무엇에 이끌리듯 황급히 뒤편 베란다로 달려갔다. 베란다의 문을 활짝 열고 종소리에 귀를 기울였다. 내려다본 절의 한 전각에서 스님의 옷자락이 펄럭이더니 덩, 하고 묵직하게 종이 울었다. 우 웅 길게 뻗는 종소리의 여운이 아파트를 맴돌았다. 한여름의 긴 해가 아직도 높이 있었다. 높은 곳에서 보이는 산은 짙은 푸름으로 마치 바다 같았다. 초록에 둘러싸인 절의 모습은 생기 있어 보였다. 종이 매달린 전각을 둘러싸고 몇몇의 사람들이 머리를 조아리고 있었다. 휴일이었다. 아들과 함께 밥을 먹기로 약속되어 있는 날이었지만 아들은 오지 않았다. 아들이 오면 여름휴가를 물어보고 날짜를 맞추어 함께 여행 스케줄을 짤 생각이었다. 그러나 아들은 다른 일정이 있어 오늘 식사는 함께 할 수 없다는 간단한 문자만 간밤에 툭 날렸을 뿐이다. 그 후부터 아들의 전화는 꺼져 있었다. 나는 소통이 안 되는 전화기만 붙들고 있었다.

  하루 종일 소화가 되지 않는 것처럼 묵지근한 통증이 가슴을 눌렀다. 열어젖힌 베란다 문으로 바람이 불어왔다. 다시 한번 종이 울었다. 더엉 하고 길게 내빼는 종소리에 왠지 가슴이 뻐근하게 아파왔다. 알 수 없는 감정이 일렁였다. 서운함 같기도 하고 서러움 같기도 한 감정에 내 자신이 한없이 쪼그라들고 있었다. 나는 갑자기 할 일이 생각나기라도 한 듯 서둘러 집을 나섰다. 손에는 달랑 지갑만 하나 들었을 뿐 핸드폰도 미처 챙기지 못했다. 급한 볼일이 있는 사람처럼 절을 향해 서둘러 걸었다. 절을 향해 걷는 중에도 일정한 간격을 두고 종소리는 계속 들려왔다. 종소리가 들려올 때마다 가슴을 비집고 무언가가 올라오고 있었다. 서둘러 걷는 걸음에 숨이 턱까지 찼다. 종소리의 여운이 계속 가슴을 긁어댔다. 숨이 찬 건지 가슴이 아픈 건지 알 수 없는 고통에 내 입에서 흐느낌이 터져 나왔다. 집의 뒤편 베란다에서 내려다보던 절의 마당을 가로질러 종무소라고 쓰진 간판으로 향했다. 터져 나오는 울음을 참기 위해 종무소 앞에서 한참을 서성거려야 했다. 금방 터져버릴 것 같던 가슴의 통증이 조금씩 참을 만해지고 안정이 되었다. 숨을 몰아쉬는 동안 가라앉은 가슴을 누르며 종무소 안으로 들어섰다. 문을 밀고 들어서니 맞은편으로 책상이 세 개 놓여 있고 문과 책상 사이에는 제법 널찍한 공간이 있었다. 창 밑으로 큼직한 화분이 몇 개 놓였을 뿐 종무소는 단출했다. 문 입구에 실내화가 여러 개 어지럽게 늘어져 있었다. 나는 대충 발에 걸리는 실내화를 꿰어 신고 책상 앞으로 다가갔다. 세 개의 책상에는 양 쪽은 비어있고 가운데에만 젊은 여자가 앉아있었다. 단발머리의 여자는 모니터를 보며 무언가 열심히 일을 하다가 다가서는 나를 향해 고개를 들었다. 하얀 얼굴에 동그란 눈이 귀여운 인상의 젊은 여자였다. 말은 하지 않았지만 여자의 동그란 눈이 무슨 일이세요 하고 묻는 것 같았다. 등을 하나 달려구요, 연등요. 마치 처음부터 그렇게 작정하고 온 것처럼 나는 자연스럽게 여자를 보며 말했다. 여자가 신청서라고 적힌 용지를 주었고 나는 주소와 가족들의 이름을 적었다. 남편과 내 이름, 그리고 아들의 이름까지 모두 적고 나니 긴장이 풀린 듯 다리의 힘이 빠졌다. 무언가가 마음을 빠져나가는 느낌이었다. 조금 전 알 수 없는 조바심으로 숨이 턱까지 차오르게 이곳까지 달려온 이유가 전혀 생각나지 않았다.

아들이 직장 근처에서 혼자 집을 얻었다. 하늘 같은 전세금을 어찌어찌 마련하여 얻어 준 아파트였다. 사택에서 개인 짐만 빼는 것이라 이사랄 것도 없다며 굳이 혼자 하겠다는 아들의 이삿날, 그래도 걱정이 된 나와 남편은 세종시로 달렸다. 아파트를 계약할 때 가보기는 하였지만 아들이 사는 곳을 직접 보고 싶었다. 이사랄 것도 없는 짐을 들여 놓고 아들은 낯선 여자와 함께 라면을 끓이고 있었다. 직장 동료라고 소개했다. 아들과 같은 나이이긴 하지만 입사가 아들보다 빨라서 아들의 직장생활에 많은 도움을 주고 있다고 부연설명을 했다. 감사합니다. 아들에게 도움을 주고 있다니 내게는 고마운 사람이라는 생각에 저녁을 대접했다. 이삿날에는 자장면이면 되지 하며 웃는 아들을 꼬드겨 한우를 먹었다. 집으로 돌아오는 길, 이상하게 여자의 존재가 신경 쓰이기 시작했다. 아들이 여자를 향해 웃는 모습이 단순한 직장동료의 감정만은 아닌 것 같았다. 여보, 아들이 연애를 하나 봐. 내가 묻는 말에 남편은 잘 모르겠다며 대답을 피했다. 어두운 고속도로를 달려오는 동안 나는 공연히 마음이 불안하고 기분이 좋지 않았다. 자꾸 가라앉는 내 기분을 느꼈는지 남편이 내 눈치를 보기 시작했다. 남편은 마흔이 넘은 아들이 장가를 가지 않아 속상해하고 있다는 직장의 동료 얘기를 했다. 주변에 혼기를 놓친 자녀를 둔 사람들이 여럿 있어 자주 듣는 얘기였다. 아들이 제때에 결혼해 주는 것도 효도라며 남편은 좋아하는 모습이었다. 그건 맞는 얘기라고 나도 맞장구를 쳐 주었다. 그렇게 말은 하지만 내 기분은 나아지지 않았다. 여전히 어두운 표정의 내가 신경 쓰였는지 남편이 다정하게 손을 잡았다. 당신에게는 내가 있잖아. 한껏 부드러운 남편의 말조차 이상하게 나에게는 위로가 되지 못했다.

문득 '올가미'라는 영화가 생각났다. 홀로 아들을 키우던 과부가 아들에게 집착하여 며느리를 학대한다는 원초적 고부갈등을 드러낸 스릴러물이었다. 결혼 전에 봤던 영화이니 벌써 30년은 지난 것 같다. 그때 엄마 역할을 했던 배우의 연기가 워낙 섬뜩해서 무서웠던 기억이 났다. 물론 그때는 당연히 며느리의 시선에 감정 이입되어 엄마의 존재를 정신병자로 치부했지만, 지금 다시 본다면 여전히 그런 시선일지 잘 모르겠다는 생각이다. 물론 영화의 내용이 워낙 극단적이긴 하지만 영화 속 엄마의 감정이 절대 터무니없이 이해가 되지 않을 것 같지는 않았다. 내가 그렇다는 것은 아니다. 우선 남편의 말대로 나는 영화에서처럼 과부가 아니다. 아들을 남편처럼 의지하는 정신병자가 아니다. 예전 노인네들처럼 아들을 소유물로 생각지 않는 합리적인 교육을 받은 사람이다. 올가미는 내게는 어림도 없는 얘기인 것이다. 나는 불편한 생각을 떨쳐내듯 고개를 저었다. 이미 어두워진 고속도로를 달리는 자동차의 불빛만이 도로를 밝히고 있었다. 도로를 달리는 규칙적인 자동차의 소음이 문득 편안하게 다가왔다. 나는 남편이 잡은 손을 다시 힘 있게 고쳐 잡았다. 나는 올가미의 여자는 분명 아니지만, 아들에게 사랑하는 사람이 생겼다는 생각에 그래도 무언가 허전하고 서운한 마음이 드는 것은 어쩔 수 없었다.

버스가 출발한 지 한 시간쯤 지났을 무렵 젊은 여자가 버스 안을 서성이기 시작했다. 여자는 바구니를 하나 들고 사람들에게 무언가를 나눠주었다. 여자는 내게도 다가와 무언가를 내밀었다. 엉겁결에 손을 내밀어 여자가 주는 것을 받아보니 분홍색의 초였다. 인당수에 빠졌던 심청이를 품었음직한 연꽃의 모양이었다. 지름 10센티 정도 크기인 연꽃의 가운데에 심지가 박혀있었다. 뚜껑이 없는 투명한 플라스틱 통이 연꽃을 감싸고 있었다. 여자는 검은색의 사인펜도 함께 주었다. 나는 사인펜을 받아 들고 무엇을 해야 하는지 알 수가 없어 가만히 있었다. 소원을 적으시면 돼요. 통로 건너편에 앉은 여자가 나를 보며 말했다. 마주 본 여자는 손으로 초를 가리켰다. 나도 내 손에 들린 초를 바라보니 연꽃이 든 투명한 플라스틱 통에는 흰색 스티커가 붙어 있었다. 뭐라고 적어요? 나는 여자의 초를 보며 물었다. 여자가 자신이 적은 스티커를 보여주었다. 여자의 초에는 가족 건강이라고 적혀 있었다. 나는 여자에게 목례를 하고 나 역시 여자처럼 가족 건강 이라고 적었다. 지금 이 순간 가족의 건강이 가장 절실한 소원이 되어버렸다. 사랑하는 가족들이 건강한 것이 소원인 것은 맞는 말이다. 더 이상 바랄 것이 무엇이랴. 나는 겸손해지는 자신이 느껴졌다. 참으로 소박한 소원이었다. 소박하지만 역시 가장 큰 소원이 되는 것이었다.

한참을 달리던 버스는 포장도로를 벗어나 울퉁불퉁 비포장도로로 접어들었다. 이리저리 흔들리며 어느 정도 가더니 이윽고 멈췄다. 목적지에 도착했는지 버스 문이 열렸다. 앞에서부터 주섬주섬 일어선 사람들이 하나씩 내리기 시작했다. 중년의 여자들은 모두 작은 배낭을 하나씩 메고 있었다. 나는 지갑과 핸드폰만 들어 있는 작은 가방을 크로스로 메고 있었는데, 여자들이 짊어진 배낭에는 무엇이 들었을까 하는 궁금증이 일었다. 모두 손에는 분홍색 초를 소중히 안아 들었다. 나 역시 분홍색 초를 행여 떨구지 않도록 조심해서 안고 있었다. 버스에서 내리니 물안개 자욱한 강이 먼저 보였다. 물안개 때문인지 흐린 날씨 때문인지 강은 이른 새벽처럼 희붐하게 드러났다. 수면을 덮은 물안개는 하늘과 강의 경계를 감추고 천천히 흐르고 있는 것처럼 보였다. 강 건너 보이는 산 뒤로 하늘이 보였지만 하늘 역시 물안개에 덮여 어디까지가 강이고 어디부터가 하늘인지 알 수가 없었다. 강 건너의 산이 수면에 그림자를 드리웠다. 마치 판박이를 찍어낸 듯한 산과 수면 위의 산 그림자, 그 사이를 흐르는 물안개의 모습은 강과 하늘의 모호한 경계까지 마치 한 폭의 수채화 같았다.

 강기슭에 불투명한 하늘색으로 색칠이 된 나무배가 한 척 떠 있었다. 그저 가져다 놓은 소품인지 진짜 사용하는 배인지 알 수가 없었다. 모든 것이 회색 일색인 이 날씨에 하늘색의 배는 어쩐지 억지스러운 느낌이었다. 그리고, 그것이 있었다. 파란색의 플라스틱 통들이 강기슭을 따라 무질서하게 늘어져 있었던 것이다. 무언가 신령스럽기도 하고 을씨년스럽기도 한 낯선 풍경에 나는 조금 무서운 느낌이었다. 생전 처음 따라나선 방생 법회가 영 불편하게 느껴졌다. 풍경도 풍경이지만 아까부터 들려오는 소리 때문이었다. 어디서 굿을 하는지 꽹과리와 징 소리가 계속 들려왔다. 우리가 타고 온 관광버스 세 대와 강밖에 보이지 않는데 굿은 도대체 어디서 하는 것일까. 나는 소리를 찾아 고개를 두리번거렸다. 버스에서 초를 나눠주던 젊은 여자와 눈이 마주쳤다. 여자가 내게 다가왔다. 초를 저기 앞쪽에 두세요. 여자의 눈길을 따라 앞을 보니 어느 틈에 단이 세워져 있었다. 버스에서 내릴 때는 보지 못했는데 언제 단이 생긴 건지 신기하다 느끼면서 연단을 향해 다가갔다. 하얀색 종이로 덮인 상이 연단이 되어있었다. 상 위에는 김장할 때나 가끔 쓰는 커다란 스테인리스 대야에 과일이 가득 담겨 있었다. 과일은 사과와 배, 단감은 물론 오렌지도 보였다. 누군가 황급히 다가와 자신이 메고 온 배낭에서 과일을 꺼냈다. 커다란 바나나가 나타났다. 이 과일들은 절에서 준비하는 것이 아니라 신도들이 하나씩 가져다가 쌓은 것이라는 것을 알게 되었다. 쌓여 있는 과일 중에 간간이 망고가 보이는 것으로 봐서 과일의 종류도 특별히 정해진 것은 아닌 모양이었다. 나는 과일을 준비하라는 안내를 따로 받은 것이 없어서 괜히 미안한 생각이 들었다. 과일이 쌓인 대야 옆으로 분홍색 초들이 놓여 있었다. 초의 심지에는 모두 불이 붙어 있었다. 나는 초들이 놓인 곳으로 다가가 내 손에 들린 초를 내려놨다. 누군가 다가와 내가 내려놓은 초에 불을 붙였다. 메기를 가져가면 안 된다고 내게 말했던 남자였다. 단 아래에는 커다란 향로가 있었고 불이 붙은 향에서 실 같은 연기가 피어올랐다.

  아들은 이사를 하고 얼마 후에 내게 좋아하는 사람이 생겼다고 말했다. 여자의 촉은 정확했다. 이사하던 날 보았던 사무실의 선배였다. 함께 저녁을 먹으며 아이를 유심히 살폈던 내가 기억났다. 그 애는 우리를 뭐라고 하니? 조심스럽게 물었을 때 아들은 그녀가 편안해한다고 대답했다. 가슴에서 묵직한 돌멩이 하나를 덜어낸 느낌이었다. 다행이구나 하고 대답하면서 나는 가슴을 쓸었다. 돌멩이 하나를 덜어낸 가슴에는 알 수 없는 감정들이 쓸려 다녔다. 아들의 연애를 인정하면서도 내 손을 벗어나는 아들에게 아쉽고 안타까운 마음이 들었다. 아니, 어쩌면 질투인지도 모른다. 아들의 연인이 반갑기만 한 존재는 아니었다. 그렇다고 무작정 싫고 미운 사람은 더욱 아니었다. 오히려 아들의 사랑을 받아주고 서로 아껴주는 고마운 존재라는 것이 사실이었다. 이것도 저것도 아닌 불분명한 감정들이 나를 무척 피곤하게 했다. 어떻게 아들을 대하고, 아들의 연인을 대해야 하는지 감정이 갈팡질팡하고 있는 것을 느꼈다. 아들은 점점 집에 오는 것을 귀찮아했다. 살갑게 하던 전화도 뭔가 의무감이 느껴졌다. 건성으로 대답하며 빨리 끝내려 하는 것을 눈치챌 수 있었다. 통화를 끝낼 때마다 서운함이 더해졌다. 나쁜 자식. 한숨처럼 욕이 나왔다.

이윽고 법회가 시작되었다. 법복을 입은 스님이 다가와 연단을 향해 절을 하고 정좌를 하고 앉았다. 사람들이 모두 자신의 가슴 앞으로 손을 모았다. 손바닥을 맞대고 스님을 향해 절을 했다. 나도 옆에 서 있는 사람을 따라 합장을 하고 목례를 했다. 스님이 목탁을 두드리며 불경을 외기 시작했다. 단을 향해 서 있던 신도들이 일제히 따라서 불경을 외었다. 무슨 소리인지 전혀 알 수 없는 말들이 계속 되풀이되었다. 부처가 인도에서 왔다니 아마도 인도의 말인가 하고 짐작할 뿐이었다. 스님이야 공부를 하였다지만 신도들은 이 어려운 말을 어떻게 외울 수 있는 것인지 참으로 신기한 생각이 들었다. 주위를 둘러보니 스님을 따라 불경을 외우는 사람도 있지만 대부분은 조그만 책을 보고 따라서 읽는 것이었다. 옆에 서 있는 사람의 어깨너머로 살짝 들여다보니 불경은 한글로 쓰여 있었다. 한글이라 읽을 수 있다지만 사실 발음도 어려운지라 써진 대로 따라 읽는 것도 어려운 일이었다. 간간이 아제아제 바라

아제 바라승아제 하는 문구만 귀에 들려올 뿐 전혀 알아들을 수 없는 말들이었다. 사실은 불경을 읊는 것은 둘째 치고 손을 맞대고 서 있는 자세를 유지하는 것도 내게는 힘든 일이었다. 30분이 넘어가며 허리도 아프고 다리도 저려왔다. 눈치를 보며 몸을 뒤틀기도 하다가 결국에는 바닥에 쪼그리고 앉았다. 나이든 노인네들은 이미 조그만 돗자리를 펼치고 앉아있기도 했다. 나는 엄숙한 분위기를 방해하는 것 같아 미안한 생각도 들었다. 다음에 올 때는 등산용 조그만 의자를 하나 가져와야겠다는 생각을 하면서 피식 웃음이 났다. 다음에도 이런 법회를 또 참석하겠다는 생각인지 의아해졌다. 일단 오늘이 지나 봐야 알 일이다. 어떤 기억으로 남을지 자신이 없어졌다. 한참을 외던 불경 소리가 멈췄다. 목탁 소리만이 조용한 강에 울려 퍼졌다. 신도들은 일제히 목탁 소리에 따라 합장을 한 채 몇 번씩 허리를 숙이며 절을 했다. 엉겁결에 일어나 신도들을 따라 절을 하며 나는 남편과 아들의 건강을 빌었다. 점점 마음이 간절해지는 것을 느꼈다. 이런 것이 종교인가 하는 생각이 들었다. 허리를 숙이며 절을 할수록 간절한 마음은 마치 갈증처럼 더해갔다.

 법회는 계속되었다. 스님은 정좌하고 앉아 목탁을 두드리며 일정한 운율로 랩을 하듯이 말을 쏟아냈다. 가만히 들어보니 동네 이름과 사람들의 이름이었다. 소원을 뒤에 붙이며 목탁을 두드렸다. 무슨 동 누구누구 자녀취업 탁탁탁 혹은 선거당선 이런 식으로 축원을 되풀이하는 것이었다. 아마도 오늘 법회에 참석한 사람들의 이름과 소원을 일일이 불러주는 것 같았다. 나는 내 이름도 나오는지 신중하게 들어보았다. 중얼중얼 스님의 목소리는 낮고 발음도 분명하지 않았다. 비슷한 이름이 나왔던 것도 같고 아닌 것도 같아서 분간할 수가 없었다. 백 여명의 이름을 전부 부르고서야 법회는 끝났다. 사람들은 익숙하게 메기가 있는 통들을 하나씩 집어 들었다. 파란색 플라스틱 통을 들고 저마다 강을 향해서 걸었다. 나 역시 메기를 받았다. 메기가 들어있는 파란색 플라스틱 통을 들었다. 너는 자유롭게 될 거야. 푸른빛이 도는 얕은 물속에 웅크리고 있는 메기를 들여다보며 나는 혼잣말을 했다. 강기슭에 쪼그리고 앉았다. 강 쪽을 향해 통의 입구가 기울어지도록 오른손으로 통의 밑을 들어 올렸다. 중심을 잡으려고 퍼득거리는 메기의 움직임이 플라스틱 통을 흔들었다. 더 이상 통 속에 있을 수 없는 것을 알고 메기가 강으로 미끄러지듯 통을 빠져나왔다. 강물에 빠진 메기는 한동안 가만히 있었다. 갑자기 변한 환경에 적응하려는 듯 수염이 하늘거렸다. 어서 가. 나는 메기의 뒤에서 물을 뿌렸다. 메기가 천천히 움직였다. 가슴에서 무언가 울컥한 것이 올라왔다. 천천히 움직이는 메기가 한없이 장하게 생각되었다. 그래, 자유롭게 가는 거야. 잡히지 말거라. 내 응원에 힘을 얻은 듯 메기는 몸을 틀며 강 쪽으로 스며들었다. 메기가 떠나간 곳에 조용히 물보라가 일었다. 어디까지가 강이고 어디부터가 하늘인지 경계가 모호한 곳까지 메기가 헤엄쳐 가기를 기도했다. 아직까지도 걷히지 않은 물안개가 뒤덮인 수면을 나는 우두커니 보고 있었다.

―《문학나무》 2023년 겨울호 발표

당신의 빛나는 청춘

당신의 빛나는 청춘

 아버지는 화가 나 있었다. 소리 나지 않는 TV에 시선을 둔 채 흠흠 헛기침을 했다. 늦은 시간 가요무대는 끝나가고 있었다. 한때 유명했던 MC는 희끗해진 머리를 하고 여전히 친근한 표정으로 작별인사를 했다. 세월의 흔적이 그의 얼굴에 드러났다. 깊고 낮은 주름이 그의 얼굴에 그려져 있었지만 전혀 추해 보이지 않았다. 청춘 시절 그의 얼굴을 기억하는 나에게 그는 늙어가는 아름다움을 이야기해주는 것 같았다. MC의 작별인사가 끝나자 나는 아버지를 보았다. 여든을 넘은 아버지는 TV 속 MC보다 더 나이 들어 보였다. 군데군데 저승꽃이 핀 칙칙한 피부 빛에 주름이 깊었다. 누렇게 변한 흰자위의 눈빛은 흐리다 못해 생선가게에 누워있는 동태의 눈깔 같았다. 그런 아버지는 지금 나에게 집을 하나 내놓으라고 떼를 쓰고 있다. 마치 세 살짜리 아기처럼. 사실은 나도 화가 났다. 여든을 넘어 새로운 사랑에 빠져 세상 그 누구보다 행복한 청춘을 누리고 있는 아버지가 맘에 들지 않았다. 바람 많은 아버지의 끊임없는 열정이 차라리 징그럽게 느껴졌다. 30년 전 돌아가신 어머니가 불쌍했다.

  오늘 저녁, 퇴근해 들어온 나는 먼저 세수를 하고 발을 닦았다. 내가 씻는 동안 저녁상을 차린 아내의 입이 댓 발은 나왔다. 던지듯 내려놓는 국 대접에서 흔들리던 국물이 기어이 한쪽으로 쏠려 식탁 위로 흘렀다. 마침 식탁 의자의 등받이에 수건을 걸치며 앉으려던 나는 본능적으로 무릎을 벌리며 허겁지겁 일어났다. 아내가 무안해하며 얼른 마른행주를 들고 와 식탁을 닦았다. 데지 않았수? 아내의 차가운 손이 국물이 젖은 허벅지를 거쳐 사타구니를 쓱 건드리며 지나가자 나는 순간 당황스러웠다. 짐짓 아무렇지 않은 듯 국 대접을 들고 뒤돌아서는 아내의 뒤통수를 바라보다 헛웃음이 나왔다. 오래된 부부만이 느낄 수 있는 짓궂은 대화법이라고 할까, 역시 국을 다시 떠 오는 아내의 얼굴이 붉었다. 나는 뒤통수가 뜨끈해지는 것을 느꼈다. 거실 소파에 앉아 9시 뉴스를 보는 아버지를 의식했기 때문이다. 내 얼굴에서 어떤 표정을 보았는지 이내 아내의 얼굴이 굳었다. 새침한 표정으로 다시 국 대접을 놓는 손길에 힘이 실렸다. 아까처럼 국이 쏟아질 정도는 아니지만 분명 자신의 편치 않은 심사를 드러내기에는 충분했다. 아내는 달랑 내 식사만 차려놓고 아무런 말도 없이 내 옆을 스쳐 안방으로 들어갔다. 심술처럼 남겨 놓은 냉기가 아내가 밟고 지나간 발자국에 그림자처럼 남았다. 냉기는 스멀스멀 내 발목을 휘감았고 종아리와 허벅지를 거치며 올라오고 있었다. 결국 조금 전 아내의 차가운 손이 스치고 간 사타구니까지 침범했다. 오소소 소름이 돋았다.

  아내는 내 옆을 지나가면서 일부러 인 듯 내 어깨를 건드렸다. 젓가락을 잡았던 손이 반찬을 놓쳤지만 모르는 척 했다. 그렇게 무심히 몸의 한쪽을 건드리고 아닌 척 시침을 떼는 것은 아내가 오래전부터 해오던 일종의 언어였다. 무언가 못마땅한 것이 있다고 말하는 잔소리인 것이다. 그것은 또한 동갑내기의 아내만이 내게 할 수 있는 폭력이기도 했다. 조금 전 아내의 얼굴에서 보았던 냉랭한 기운은 불안한 조짐처럼 나를 주눅 들게 했다. 식사 후에 닥칠 아내의 잔소리를 예감하면서 오늘 밤의 불편한 기분을 어떻게 풀어낼 수 있는가가 당장 걱정스러워졌다. 나는 낮에 했던 아내와의 통화를 반찬처럼 음미하면서 천천히 저녁을 먹었다.

  "아이, 아버님은 기어이 그분을 모셔왔다니깐, 도대체 그 아줌만 뭐야, 내가 인사를 하기도 전에 아버님

방을 뽀로로 찾아 들어가서 겉옷을 벗고 나오지 않겠어, 아무래도 내가 없는 동안 우리 집을 뻔질나게 드나든 게 분명하다니깐, 아니면 어떤 방이 아버님 방인지 어떻게."

점심으로 배달된 순댓국을 막 한 숟갈 떴을 때 걸려 온 아내의 전화에서 아내는 거의 소리를 지르고 있었다. 아내 특유의 불안정한 고음에서 신경질적인 악센트가 단어마다 튕겨 나왔다. 대단히 흥분했다는 뜻이다. 아내의 표현대로 그 아줌마가 아버지 방을 묻지도 않고 찾아갈 수 있었다면 이미 우리 집을 방문했었다는 아내의 짐작은 맞을 것이다. 방은 우리 부부가 쓰는 안방과 아버지 방이 있고 딸아이가 쓰는 방이 따로 있지만, 가족이 쓰는 화장실도 역시 모두 같은 모양과 색깔을 하고 있었다. 또한, 아내와 딸은 각자의 방 혹은 화장실에 특별한 장식을 달아 놓거나 꾸미지 않았다는 것을 나는 알고 있었다. 아내는 특별히 곰살맞은 성격이 아니었다. 인형이나 팬시 등 작은 소품을 장식하거나 아기자기한 느낌이 들도록 집안을 꾸미는 것을 차라리 경멸할 정도로 싫어했다. 그래서인지 깔끔하고 단조로운 스타일로 집안을 꾸몄다. 지방 대학에 나가 있는 딸은 겨우 한 달에 한 번 정도도 제 방문을 열어 보지 않는 실정이었다. 더욱이 우리 집은 일반적인 구조의 아파트도 아니고 오래전 소규모 건축업자가 마구

잡이로 지어 판 빌라라서 구조가 다른 집들과는 많이 달랐다. 모두 똑같이 생긴 방문들을 두고 그분이 정확히 목적지를 찾아갔다니 나는 아내의 말에 공감할 수밖에 없었다.

"처음 방문한 집에 와서 차를 마시는데 굳이 겉옷을 아버님 방까지 가서 벗고 나온다는 게 이상하지 않아? 아예 자기 집처럼 자연스러웠다니깐."

아내는 계속 소리치고 있었다. 아내는 흥분한 정도가 아니고 화가 난 것 같았다. 나는 아내가 왜 이렇게 화가 났는지 모르겠다. 아버지의 연애에 화를 내는 것은 아닐 것이다. 아버지의 연애를 알게 된 것은 이미 반년도 전의 일인데 오늘 새삼스럽게 아내가 화를 낼 일은 아니라는 생각이다. 어쩌면 자신의 공간에 들어선 낯선 여인에게 필요 이상의 신경질을 부리는 것처럼 느껴졌다. 자신도 모르는 사이에 자신의 공간을 누군가가 침범했다는 생각이라도 들었던 것일까. 더욱이나 한 번도 아닌 여러 번이라는 사실이 아내는 더욱 마뜩찮은 일일 것이다. 아내는 그동안 자신의 공간에 자신이 모르는 사람이 드나들었다는 것은 전혀 상상도 못 해본 눈치인 것 같았다. 여인이건 자신의 공간이건 아내로서는 기분이 나쁠 수 있으리라는 생각이 어렴풋하게 들었다. 나는 아내의 기분을 공감하고 있었다. '기어이' 내가 아내의 전화를 들으면서 할 수 있는 단 한

마디였다. 예상했던 일이기도 했지만 생각보다 오래 걸렸다는 뜻이기도 했다.

아내가 아버지의 연애사를 입에 올리기 시작한 것은 벌써 반년도 전의 일이다. 집에서 저녁식사를 안 한다며 이상하다고 계속 걱정하던 아내가 어느 날 무심코 뜯어 본 카드 명세서에서 두 사람의 식사 값 정도밖에 안 되는 소액이 매일 청구되었던 것을 알게 되었다. 단지 김밥천국만이 아니었다. 가끔씩 장미장이나 해피텔 같은 목적이 분명해 보이는 글자도 보였다. 아내와 나는 마치 말도 안 되는 변명을 듣고 있는 것처럼 황당한 얼굴을 하고 마주 보았다. 서로의 얼굴에서 거짓말이지? 하는 대답을 요구하고 있었다. 실제 우리에게 일어난 일이 아닌 것 같은 비현실감을 떨쳐 버릴 수 없었다.

아버지의 나이를 생각건대 이건 내 얘기라고 할 수 없었다. 왜냐하면 우리 형제는 벌써 2년 전에 여러 친지와 아버지의 가까운 친구 분들을 모시고 아버지의 팔순잔치를 제법 성대하게 치뤘다. '성대하게'라는 것은 지극히 나만의 생각이겠지만 그것은 우리 형편에 비교적 경제적인 무리를 하였노라는 설명이다. 그런 무리를 하였던 것은 아버지의 연세에서 우리는 막연히 마지막이라는 생각을 했기 때문이었다. 그러니까 아버지 살아 계시는 동안의 마지막 잔치려니 하였던 생각

말이다. 그러나 거짓말 같았던 아버지의 연애에 대한 의심은 아버지가 보여주는 요즈음의 여러 가지 모습에서 인정할 수밖에 없다고 결론지었다.

연애를 하면 당연히 하게 되는 아버지의 비밀스러운 대화를 아내가 엿듣게 된 것은 우연이었다. 그 우연의 풍경이 아내에게는 무척 인상적이었던 듯했다. 가끔씩 감동적인 한 편의 드라마 장면을 그려내듯이 나에게 설명했다.

일요일이었어, 초저녁에 잠깐 잠들었다가 깼는데 다시 잠이 쉬이 들지 않더라구. 주말이라고 잠깐 다녀간 딸애 생각을 하는데 나도 갱년기 때문인지 공연히 허전한 맘이 들었어. 물이나 한잔하려고 나왔는데 베란다에 아버님이 서 계시는 거야. 어두운 베란다의 한쪽에 서서 밤바람을 맞고 있는 아버님의 뒷모습에 걱정이 앞섰지. 깊은 밤이었고 봄이라고는 하지만 아직은 밤공기가 차갑잖아. 여든의 노인에게 환절기는 아무래도 조심스러운 계절이니까. 아버님, 감기 걸리면 어쩌시려구요. 내가 살짝 베란다의 문을 열면서 말하는데 내 목소리는 결국 아버님 웃음소리에 묻혀버렸어. 아버님은 내 인기척을 전혀 알아챌 수 없을 만큼 통화에 빠져들어 있었던거지. 이 깊은 밤에 누구랑 저렇게 재미난 통화를 하시는 걸까. 아버님이 눈치채지 않도록 베란다의 문을 조심스럽게 닫으며 되돌아서려는데 너무 궁금한 거야. 그래서 문을 살짝 열어놓고 어두운데서 가만히 들어 봤어. 사방이 너무 조용해서인지 아버님은 속삭이지만 그래도 소리는 제법 알아들을 수 있겠던걸. 아버님은 꽤 오랫동안 통화를 계속 하셨어. 한참 서 있다가 졸립기도 하고 좀 죄송한 기분도 들어서 문을 마저 닫으려는데 그때 어디선가 벚꽃 잎이 날아 들어 오는 것 같았어. 어둠에 잠긴 아버님의 뒷모습에 외등이 비춰 오른쪽 어깨와 얼굴이 흐릿하게 드러난 위로 꽃잎이 흩날리더라구. 마침 바람이 불어 왔는지 라일락 향기마저 풍겨 오는 거야. 참 아름다운 봄밤이네 하는 소리를 나도 모르게 중얼거렸다니깐.

어색하고 불편했지만 아내는 참을 수 없는 궁금증 때문에 자리를 뜰 수 없었다고 했다. 아내가 들었던 한밤의 통화에서 아버지는 소년처럼 웃었고 한껏 부드러운 목소리로 그녀의 이름을 불렀단다. 질투를 표현하기도 하고 온갖 낯간지러운 찬사를 그녀에게 쏟아내고 있더라는 것이다. 손발이 오글거리는 밀어를 폭풍처럼 떠들어대는 그 한밤의 풍경에서 아내와 나는 아버지의 연애를 확정하게 되었고 그것은 잘 맞추어진 퍼즐의 모양처럼 그동안 아버지의 의심스러웠던 행동이 한꺼번에 그 정체를 드러내고 있었다.

아내는 여든이 넘은 아버지의 연애를 왠지 낭만적으로만 생각하는 것 같았다. 종종 그 한밤의 풍경을 얘기할 때면 그윽한 눈길로 먼 곳을 바라보는 것이었다. 아내는 이야기를 꺼내면서 바로 기억은 다시 그 밤으로 돌아가는 것 같았다. 이층인 우리 집의 창문 밑에 잘 자란 벚꽃나무는 베란다까지 가지를 뻗어 있었으니 영화의 영상효과 같이 그 밤에 아버지한테 불어온 벚꽃잎은 아내의 상상만은 아니었을 것이다. 그러나 빌라단지 어디에도 없는 라일락 향기를 맡았다는 것은 노인들 특유의 냄새를 없애려고 뿌린 아버지의 향수이거나 화장품 냄새였을 것이다. 더욱이나 벚꽃과 라일락은 피는 시기가 다르지 않은가. 그러나 이야기를 들을 때마다 나는 아내에게 특별히 아무런 말도 하지 않았다. 아내는 늦봄의 라일락을 많이 좋아했다. 소담하게 몽우리 져 피어나는 연보랏빛의 색깔과 하나하나 앙증맞은 꽃잎들의 모습, 무엇보다 골목도 돌아서기 전에 벌써 훅 안겨오는 부드러운 듯 달콤한 그 향기를 특별히 좋아한다는 것을 연애시절부터 나는 잘 알고 있었던 것이다. 아내는 아버지의 연애에서 어떤 환상을 갖는 것일까. 어쩌면 아내는 어떤 무엇인가를 원하고 있는지도 모른다는 생각도 들었다. 그러나 여전히 그 이야기를 할 때마다 환상을 담은 듯한 아내의 눈길은 내게는 아직까지도 생소한 모습이다.

  나는 아내가 차라리 차갑다고 표현할 만큼 무척 무뚝뚝한 성격이라고 생각했다. 그런 사람이 아버지의 연애에 대해서 아니 어쩌면 노인들의 연애를 이토록 관대한 시선으로 바라본다는 게 어쩐지 아내와 어울리지 않는다고 생각했다. 처음에는 이 여자가 나를 놀리나 하는 생각도 들어서 기분이 좋지 않았다. 그러나 그 후로도 아내는 똑같은 톤으로 아버지의 연애를 묘사했다. 아내는 진심으로 아버지의 연애를 응원하고 있는 것 같았다. 나는 아내가 그런 시선을 가질 수 있는 것이 아직까지도 사이좋게 해로하시는 장인과 장모님의 영향이라고 생각했다. 두 분은 항상 다정하고 편안하게 서로를 위하고 배려하는 모습을 보여주셨다. 여전히 사랑스러운 모습으로.

그러나 솔직히 아버지의 연애가 내게 있어 기분 좋은 것은 아니다. 여자든 남자든 80이 넘은 육체에 새롭게 그런 감정을 실을 수 있다는 사실이 믿어지지 않았다. 아버지는 장인과 장모님과는 전혀 다른 상황이지 않은가. 손가락은 관절염에 불거지고 허리의 힘도 강도를 잃어 구부정한 자세로 걸음을 걷던 아버지의 모습에서 수컷의 매력은 전혀 느껴지지 않았다. 여든의 남성성이라니, 절대 어울리지 않는 말이었다. 무릎이 아프다며 매일 갈아 붙이던 파스의 냄새는 또 어떠한가. 주름투성이 아버지의 얼굴에 아내가 표현한 소년의 미소를 나는 상상할 수 없었다. 어쩌면 불결하다고 생각했는지도 모른다. 모든 것이 마뜩치 않았다. 그 연애의 당사자가 바로 내 아버지라는 것 때문이다.

벌써 30년이 되어가기는 하지만 나는 아직도 돌아가신 어머니의 모습이 잊혀지지 않는다. 더욱이 당신이 어머니 살아 계실 때도 두 분이 서로 오순도순 다정한 모습을 보여준 것이 아니었기 때문에 알 수 없는 배신감은 어쩌면 당연한 것이다. 아버지의 연애 이야기를 들었을 때 내 마음은 깊은 곳에서부터 불쾌한 심사가 먼저 똬리를 틀었다. 아버지는 어머니와 다정히 지내지 못한 것뿐만 아니라 어머니를 불행하게 한 장본인이기도 했다.

젊은 시절 대단히 호방한 성격의 아버지는 젊은 어머니를 두고도 여럿의 애인을 가졌던 듯했다. 물론 그것이 한꺼번에 여럿의 애인이었는지 혹은 오랜 시간대에 순차적으로 가졌던 애인이었는지까지는 알 수 없었다. 그러나 아버지의 여자로서 어머니의 삶이 참으로 외롭고 고단하였으리라는 것은 짐작하고도 남았다. 어려서는 몰랐던 여러 가지 일들이 나이 들면서 그 사연을 이해하게 되었고 그러면서 가졌던 아버지에 대한 서운한 감정을 간신히 극복하게 된 것도 사실 오래된 일이 아니다. 결혼을 하고 아이를 낳고 서서히 내 인생의 격한 감정을 스스로 뭉그러뜨리던 중년에 들어서면서부터였음을 나 자신도 알고 있었다.

식사는 끝났지만 나는 식탁에서 일어나지 않았다. 천

천히 물을 마시면서 가만히 앉아 있었다. 내가 저녁을 마쳤을 시간을 알고 아내가 식탁을 치우려고 나올 만도 한데 안방에 들어간 아내는 움직임이 없다. 나는 내가 냉장고를 열고 반찬들을 다 넣어야 하나 아니면 아내가 나오기를 기다려야 하나 생각하고 있었다. 물 한 컵을 다 마시고 난 후 나는 식탁 한 쪽에 쌓인 반찬통들의 뚜껑을 들었다. 반찬통들의 제 짝을 찾기가 무척 어려운 일이라도 되는 듯이 나는 제각기 모양이 다른 뚜껑들을 이리저리 뒤집으며 천천히 맞춰보고 있었다. 그러고도 한참이 지나도록 안방문은 여전히 열리지 않았다. 나는 뚜껑을 다 맞춘 반찬통들을 냉장고에 넣기 위해 자리에서 일어났다. 의자가 밀리는 소리를 들었는지 거실에서 TV를 보던 아버지가 나를 불렀다. 이리 와 봐라. 아버지는 내가 저녁식사를 마치기를 기다리기라도 한 것일까. 갑작스런 아버지의 목소리에 움찔해진 나는 침을 한 번 삼키고 천천히 네 하고 대답했다. 대답을 하고도 나는 아버지를 향해 가지 않았다. 조심스럽게 냉장고를 열어 반찬통들을 넣고 밥그릇과 국 대접을 들어 설거지통에 담았다. 그런 뒤 수도꼭지를 틀어 빈 그릇 안에 물을 채웠다. 그러고도 여전히 뭉그적거리며 행주를 갖고 식탁을 꼼꼼히 닦았다. 아버지가 나를 쳐다보고 있다는 것을 느꼈다. 나는 다시 물컵을 들어 설거지통에 담고 수도꼭지를 비틀었다.

9시 뉴스가 끝났는지 소란스러운 광고방송이 쏟아지는 수돗물 소리를 비집고 경쾌하게 떠들어대고 있었다. 애야. 기다리던 아버지가 다시 한번 나를 불렀다. 조금 전 이리 와 봐라 하고 부를 때보다 목소리가 한 옥타브 높아졌고 한 톤 커졌다. 나는 다시 움찔하여 서둘러 수도꼭지를 잠갔다. 거실 쪽으로 몸을 돌려 한 걸음 내딛을 때마다 광고방송의 경쾌한 소리가 더욱 크게 들려왔다. 천둥소리처럼 우르릉 울려대고 있었다. 소리는 내 머리를 때리는 듯 지나치게 커서 차라리 짜증이 날 정도였다. 저절로 미간이 찡그려졌다. 아버지가 지금 갑자기 TV의 볼륨을 높인 것이 아니라면 나는 왜 갑자기 TV소리가 거슬릴까. 신경을 긁는 이 소리를 밥을 먹는 동안에는 전혀 의식하지 못했다는 사실이 참으로 이상한 일이라는 생각이 들었다. 겨우 30평의 공간에서 주방과 거실의 거리는 얼마 되지 않는데도 말이다. TV소리가 아니라면 신문을 넘기거나 국을 떠먹는 소리까지도 세세하게 전달될 수 있을 만큼 가까운 거리였다. 아버지는 언제부턴가 TV의 볼륨을 자꾸 높였다. 나이가 드니 귀가 먹나보다. 언제가 그렇게 말했던 것이 기억났다. 그 말을 한 것이 언제였는지는 생각이 나지 않았다. 작년인 것도 같고 혹은 10년 전 인지도 모르겠다. 그때 내가 노환은 자연스러운 일이니 너무 마음 쓰지 마세요 하며 아버지를 위로 했던 것도 같았다.

　나는 아버지가 앉아 있는 소파로 가서 아버지 옆에 앉았다. 소파의 이쪽과 저쪽의 끝에 앉아 있는 아버지와 나 사이에는 방석이 두 개 놓여 있었다. 나는 아버지의 허벅지 옆에 있는 리모컨을 한 쪽 손을 길게 뻗어 당겨 잡았다. 리모컨을 TV화면에 대고 나는 천천히 버튼을 눌렀다. 화면 왼쪽 끝에 빌딩처럼 서 있던 빨강의 작은 막대는 내가 버튼을 누를 때마다 빛을 잃었고 소리는 그 만큼씩 줄어들고 있었다. 버튼을 눌러 TV의 볼륨을 줄이는 내 모습을 아버지는 굳이 바라보고 있는 것 같지는 않았다. 화면에 눈길을 둔 채 무엇인가를 기다리고 있는 듯 보였다. 나는 아버지가 '됐다'고 말을 할 것 같아서 눈치를 보며 조심스럽게 막대를 계속 지워갔다. 아버지는 아무런 말씀이 없었다. 내가 막대 지우기를 멈췄을 때는 TV의 볼륨이 지나치게 작아져 있었다. 화면속에서 나타났다 사라지는 사람들은 모두 입만 벙긋벙긋 거리며 달리고 춤추고 있었다. 그런 모습이 나는 당황스러웠다. 집안은 갑자기 조용해졌고 TV화면은 수족관 같았다. 나는 아버지를 보면서 소리를 다시 높일까요? 하고 말했다. 화면에 시선을 두었던 아버지가 고개를 천천히 돌리며 나를 보았다. 그건 됐고. 대답하는 아버지의 표정은 굳어있었다. 아버지는 내게서 시선을 거둬 다시 TV화면에 고정시켰다.

TV볼륨보다 더 중요한 얘기가 따로 있다는 표현이었다. 나는 아버지가 하고 싶은 얘기가 무엇인지 짐작이 되었다. 소리 때문에 불쑥 들었던 짜증이 가라앉았다. 나는 찡그렸던 미간을 펴며 짐짓 태연한 얼굴로 손에 들고 있던 리모컨을 아버지와 나 사이에 놓인 두 개의 방석 중간쯤에 놓았다. 슬쩍 바라 본 아버지의 얼굴은 상기 되는지 벌겋게 달아올랐다. 아무래도 자신의 연애를 자식에게 얘기하기는 아무리 아버지라도 불편한 모양이었다. 낮에 아내와의 통화에 대한 얘기를 내가 먼저 꺼내야 하는 건지 판단이 되지 않았다. 수족관 같은 TV에서 퍼져 나온 온갖 여러 가지 색깔의 빛이 아버지와 내게 닿기 전에 거실 탁자의 표면에 갇혀 어룽거리고 있었다. 나는 TV 뿐 아니라 역시 소리가 죽은 지금의 우리 집에서 아버지와 나도 수족관 안에 갇힌 물고기들처럼 입만 벙긋거리고 있는 듯한 생각이 들었다.

  금방이라도 무언가 중요한 얘기를 할 것 같던 아버지는 한참이 지나도록 TV화면만 들여다보고 있었다. TV내용에 빠져든 것은 아닐 것이다. 가뜩이나 나이 때문에 어두워진 귀가 아닌가. 수족관이 되어버린 공간에 아버지와 나는 오래도록 아무 말 없이 앉아 있었다. 시간은 10시를 넘었고 TV에서는 아버지가 좋아하는 가요무대가 진행되고 있었다. 오늘이 월요일 저녁이라는 것을 알 수 있었다. 오래전에 인기가 있었던 나이 든 가수들이 한껏 치장을 하고 흥겨운 듯 어깨를 들썩이며 입을 벙긋거렸지만 노래는 들리지 않았다. 화면 가득 클로즈 업 되는 한물 간 가수들의 얼굴에 화장으로도 가리지 못한 주름살이 드러났다. 고스란히 드러나는 세월의 무게 때문인지 애써 즐거운 표정을 짓는 그들에게서 어쩐지 즐거움은 느껴지지 않았다. 노래 소리가 들리지 않아서 더욱 그런 느낌이었다.

 고향에 집을 하나 지어볼까 한다. 오랜 침묵을 깨고 아버지는 겨우 나를 보며 어렵게 말을 꺼냈다. 아버지는 얼굴이 붉었고 눈은 충혈돼 되었다. 당신 특유의 굵은 저음의 부드러운 목소리까지 가늘게 떨리고 있어 아버지 자신이 얼마나 긴장하고 있는지 잘 드러났다. 아버지의 얼굴에는 화면 가득 드러났던 가수들보다 더욱 짙고 많은 주름살이 자리했다. 나는 잠깐 아버지의 얘기가 무엇을 뜻하는 건지 짐작이 되지 않아 선뜻 대답을 못하고 있었다. 고향이라뇨?

 나에게 고향이라는 단어는 생소했다. 고향이라면 아버지가 나고 자랐다던 충청도 어디쯤을 얘기하는 것이다. 대대로 양반가문의 제법 번듯한 살림살이였다고 했다. 아버지는 당신이 물려받은 엄청난 재산을 말 그대로 탕진하고 말았다. 당신의 표현이라면 사업을 하다 뜻대로 되지 않았다는 것이지만 사업이라는 것을 자세히 들어보면 한마디로 일확천금을 꿈꾸는 헛된 야망에 사로잡혀 어리석게 사기를 당한 것에 불과한 것이었다. 거기에 몇 번의 빚보증에 성큼 찍었던 도장으로 인해 그나마 남아있던 재산을 모조리 날리게 되었다. 도망치듯 서울로 이사하는 아버지를 따르는 어머니의 등에 업힌 나는 겨우 첫돌을 지날 무렵이었다고 했다. 어찌되었건 내가 기억하는 한 아버지는 늘 가난했고 무책임했다. 그런 고향에 아직까지 집을 지을만한 땅이 남아있다는 것은 무리였다. 그런 땅이 있었다면 아버지 성격에 무슨 일을 벌였어도 여러 번이었음은 짐작되는 일이었다.

어리둥절한 표정의 내 얼굴을 보더니 아버지는 답답하다는 듯이 한숨을 쉬었다. 잠시 내 표정이 일부러 그런 것은 아닌지 살펴보는 것 같았다. 여전히 표정이 풀리지 않는 나를 다시 보는 아버지 얼굴에 슬며시 미소가 돌았다. 아, 네 어머니 산소자리 쓰던 거기 있지 않냐. 아버지의 목소리가 은근했다. 나는 머리를 한 대 얻어맞은 것 같은 충격에 잠깐 어지러움을 느꼈다. 멋쩍은 듯 괜한 미소를 지은 아버지를 바라보다가 아, 거기요 하며 간신히 대답을 했다. 무심한 척 겨우 아버지의 눈길을 피해 TV를 바라보았다.

오랜 시간 병으로 고생하시던 어머니가 젊은 나이에 돌아가시자 우리 가족은 당장 어머니를 모실 곳이 필요했다. 아버지가 고향의 먼 친척쯤 되는 집안에 찾아가 산 중턱의 땅 이백 평을 어렵게 얻었다. 당시의 시세에 덜하지 않는 값을 주고도 우리는 그저 고맙고 감사할 뿐이었다. 고향으로 돌아 올 수 있었다는 것에 그저 감동했던 때문이었다. 아버지는 당신이 돌아가시면 어머니와 합장해서 함께 묻어달라는 말을 했다. 젊은 시절 다른 여자들에게 아버지를 빼앗겼던 어머니가 뒤늦게라도 아버지 옆에 있게 되어 잘됐다는 말을 하며 동생은 아버지의 말에 감동까지 했었다. 그때의 산 중턱이 30년 동안 어머니 산소 밑으로 몇 채 전원주택이 들어서면서 이제는 제법 풍광 좋은 전원주택지 쯤으로 변해 있었다. 그러다가 5년 전 문중에 납골당이 만들어지면서 어머니의 위패를 납골당에 모시게 되었다. 어머니의 산소자리는 그대로 비어 있었던 것이다.

  늙은 가수들은 여전히 행복한 표정으로 노래를 부르고 있었다. 반백의 머리를 가리지 않고 당당히 노래를 부르는 여자 가수의 얼굴에 어머니의 모습이 오버랩 되었다. 아직 살아 계셨다면 어느 정도쯤 되었을까. 어머니의 늙은 모습을 가늠해 보지만 전혀 짐작이 안 되었다. 돌아가시던 그 즈음의 50살이 조금 넘은 어머니의 모습에 주름살을 아무리 덧대어 그려보아도 어머니의 늙은 모습은 더 이상 상상이 되지 않았다. 나는 문득 어머니를 기억해보는 것도 참으로 오랜만이라는 생각을 했다. 어머니는 바람 많은 아버지 때문에 참 불행했던 청춘을 보내셨다. 그런데도 아버지는 그 바람이 아직도 잠들지 않아 어머니 계셨던 곳에 새로운 보금자리를 꾸며보겠다고 꿈꾸고 있었다. 이런 사실을 어머니는 아실까 생각하니 가슴이 답답해왔다.

소리 없는 TV 위로 어린 시절의 삽화 하나가 어른거렸다. 7살 무렵의 어느 날 새벽에 어머니는 나를 깨웠다. 삼거리에 있는 막걸리 집에 가서 아버지를 모셔오라는 심부름이었다. 어린 나는 술집 문을 두드리며 아버지를 불렀다. 한참 후에 난닝구 바람의 아버지가 나와서 내 뺨을 때렸다. 눈물을 흘리며 무심히 들여다본 술집 안의 방에는 이브자리가 깔려져 있었다. 집으로 돌아오는 길에 오래도록 생각해봐도 나는 아버지가 나를 때린 이유를 알 수 없었다. 울면서 돌아온 나를 어머니는 말없이 안고 있을 뿐 어떤 말도 하지 않았다. 그 후 어머니는 나에게뿐 아니라 동생에게도 두 번 다시 아버지를 모셔오라는 심부름은 시키지 않았다. 그 새벽의 풍경을 나는 오랜 후에 이해하게 되었다. 아버지에게 맞은 나의 뺨을 말없이 어루만지며 어머니가 가졌을 슬픔이 때때로 가슴을 먹먹하게 물들였다.

집은 뭣하시게요? 여전히 TV에 시선을 둔 채 나는 아버지에게 물었다. 아버지는 무릎 사이에 두 손을 맞대고 천천히 손바닥을 비비고 있었다. 좌우의 손바닥이 위아래로 교차될 때마다 어깨가 번갈아 오르내렸다. TV를 볼 때마다 무심히 하는 아버지의 행동이었다. 평소에 아무렇지 않게 보아오던 아버지의 행동이 문득 눈에 거슬렸다. 가슴 저 아래 어딘가부터 스멀스멀 불편한 감정이 올라오고 있었다. 미간이 찡그려지고 있음을 느꼈다. 나는 눈을 감고 내 안의 감정이 스스로 잠잠해 지기를 기다렸다. 내가 내려가서 살려고 그런다. 아버지의 대답에 나는 감았던 눈을 떴다. 여든 넘은 노인네가 혼자 어쩌시려구요. 지금 집에 그럴 돈도 없구요, 혼자 내려가시는 건 위험해서 안돼요. 그냥 여기 계세요. 나는 작지만 단호한 목소리로 대답했다. 내 안의 화가 제 스스로 넘치지 않기 위해 안간힘을 써야 했다. 그런 노력이 목소리에 힘으로 실려 딱딱한 목소리로 드러났을 것이다. 내 목소리에 기가 눌렸는지 아버지가 움찔 물러나는 기색이 역력했다. 평생을 사업을 한다고 밖으로만 돌아 집에는 전혀 보탬이 되지 못한 아버지였다. 어머니는 돈이 되는 일은 술장사 말고는 모두 다 할 수 있다고 늘 말씀하셨다. 아마도 아버지의 애인이 대부분 술집의 여자들이어서인지 어머니는 술집만큼은 손사래를 치며 부정했다. 손맛이 있는 어머니의 식당은 제법 손님이 많았고 우리 형제는 책임감 없는 아버지의 빈자리를 전혀 느끼지 않으며 어머니와 함께 살 수 있었다.

말없이 TV만 향한 채 아버지는 가끔씩 흠흠 하고 헛기침을 했다. 무언가 맘에 안 드는 상황이 있을 때면 그랬다. 내가 아버지의 말을 한마디로 거절한 것에 아마도 화가 난 것 같았다. 고향에 아버지 혼자 내려가지는 않으리라는 것은 나도 알고 있었다. 그러나 아직 아버지의 그 아줌마를 나는 만난 적도 없었고, 아버지에게 그녀의 존재를 설명 들은 일도 없었기에 내가 그녀의 얘기를 먼저 할 수는 없는 일이었다. 나는 아버지가 이쯤에서 그녀의 얘기를 할 것도 같은 생각이 들었다. 마침 오늘 낮에 다녀갔다니 더욱 그런 느낌이었다. 그러나 아버지는 더 이상 아무런 얘기도 없이 그저 앉아 있었다. 소리가 없는 TV는 여전히 수족관처럼 뻐끔거렸고 서로를 이해할 수 없는 아버지와 나 사이에는 여전히 방석 두 개가 있었다.

가요무대가 끝나고 아버지는 둘 사이의 중간쯤에 있던 리모컨을 들었다. 전원버튼을 눌렀는지 팟 소리와 함께 TV가 꺼졌다. 수족관의 물고기처럼 벙긋거리던 모든 사람들이 일시에 사라졌다. 아버지는 이내 아무런 말도 없이 소파에서 일어나더니 굽은 등을 하고 한쪽 다리를 끌듯이 걸었다. 조용한 집 안에 실내화를 끄는 아버지의 발자국 소리가 기차 소리처럼 들렸다. 아버지는 화장실 앞을 지나 자신의 방으로 기차 소리와 함께 들어갔다. 방문이 닫히고 일시에 정적이 찾아왔다. 오늘이 지났다고 끝이 아니라는 것을 나는 알고 있었다. 아버지는 앞으로 몇 날을 계속해서 똑같은 얘기를 할 것이다. 나는 아버지처럼 흠흠 헛기침을 했다. 사실은 나도 화가 났다. 여든이 넘어서도 전혀 수그러들지 않는 아버지의 인생에 대한 욕구는 참으로 대단하다는 생각이 들었다. 그것을 존경해야 하는 것인지는 알 수 없지만 나에게는 불편한 것이 사실이다.

나는 소파에서 천천히 일어났다. 거실의 불을 끄고 잠시 서성거렸다. 뜻밖에 찾아온 어둠에 모든 것이 잠겼다. 잠깐의 시간이 지나자 어둠을 뚫고 밖에서 들어오는 흐릿한 빛이 사물에서 반사되었다. TV도 소파도 거실 중앙의 탁자도 서서히 모든 것이 드러나기 시작했다. 밖에서 들어온 빛이 가로등인지 달빛인지 분간이 되지 않았다. 무슨 빛이어도 상관없었다. 조금의 빛만으로도 사물은 받은 빛을 반사시켜 제 형태를 드러내고 있었다. 침착하게 드러나는 거실의 모습은 모든 것이 정상으로 되었다는 듯 고요하고 평화로웠다. 내 안에서 출렁이던 알 수 없는 노여움도 가라앉는 듯했다. 여전히 펴지지 않았던 미간을 바로하며 안방을 향해 걸었다.

침실 등만 켠 채로 흐릿한 안방에는 아내가 들여다보는 핸드폰이 뿜어내는 푸른빛이 반짝였다. 아내는 침대에 누워 핸드폰을 들여다보고 있었다. 딸과 문자를 하는지 게임을 하는지 인터넷 검색을 하는지 알 수 없는 아내의 얼굴이 핸드폰의 빛에 푸르게 빛났다. 아내는 내가 들어오자 핸드폰을 끄고 나를 보았다. 아직까지도 잠들지 않은 아내는 나를 기다리고 있었던 듯했다. 아내가 누운 침대의 안쪽 비어있는 내 자리를 찾아 나도 누웠다.

"아버님이 낮에 다녀간 그 아줌마 얘기 해?"

아내는 하루종일 내게 보였던 히스테릭한 모습이 걷혀 있었다. 나는 아내의 다정한 말투에 저절로 한숨이 나왔다. 긴장이 풀린 안도의 한숨이었다. 한숨은 가슴 깊은 곳에서 올라왔다. 미처 걷히지 않았던 나머지의 노여움과 사그라지지 않은 화가 한숨과 함께 옅어지는 듯했다. 신경질이 없는 아내의 모습이 문득 대견하고 사랑스러웠다. 아내의 질문에 고개를 흔들어 대답을 하자 아내는 그럼 무슨 얘기를 여태 했어? 하고 다시 물었다. 아내의 얼굴에 드러나는 궁금한 표정에 나는 웃음이 나왔다. 아내는 더욱 궁금해 죽겠는 표정을 했고 나는 그런 아내의 얼굴을 보면서 아랫도리가 뻐근해지고 있음을 느꼈다. 그건 됐고. 나는 비실비실 새어나오는 웃음을 참으며 아내의 손을 잡아끌었다. 당겨진 손에 끌려온 아내가 내 가슴팍에 엎어졌다. 이 양반이. 아내가 주먹으로 내 가슴을 치며 조그맣게 소리쳤다. 당황한 아내가 내게서 몸을 떼려하자 나는 손아귀에 힘을 주어 아내를 더욱 당겨 안았다. 가슴에 안긴 아내의 상의 밑으로 손을 쏙 밀어 넣었다. 손바닥에 아내의 가슴이 잡혔다. 나이 들어가면서 탄력은 잃었지만 여전히 보드라운 아내의 가슴을 나는 손바닥을 펴며 부드럽게 쓸었다.

― 2022년 《문학나무》 발표

효도는 얼마예요?

효도는 얼마예요?

 나는 노파의 입속말을 알아듣기 위해 허리를 숙여 얼굴을 가깝게 들이댔다. 노파는 계속 웅얼웅얼 알아들을 수 없는 소리를 냈다. 화장실까지 자신의 어깨를 부축해 온 내 손을 조심스럽게 털어내면서 주변을 살피더니 낮은 소리로 중얼거렸다. 그러나 나는 노파의 소리를 좀처럼 알아채기 힘들었다. 식당의 화장실은 제법 넓었지만 여러 가지 소음이 스며들고 있었다. 창문 넘어 들려오는 자동차가 시동을 거는 소리와 함께 벽면 바깥으로는 정체를 알 수 없는 물 흐르는 소리까지 들려와 부산하고 소란스러웠다. 노파는 자신의 소리를 알아듣지 못하는 내가 답답한 모양이었다. 세면대를 짚었던 손에 힘을 주자 굽었던 노파의 등이 갑자기 펴졌다. 내 얼굴 가까이까지 다가온 노파의 입이 분명한 소리를 냈다. 그 집은 니꺼야, 알았지? 웅얼거리던 노파의 소리가 똑똑히 들리는 순간 나는 입을 다물지 못했다. 왜요? 벌어진 내 입에서 나온 소리가 몹시 못마땅한 듯 노파는 자신의 이마를 찡그렸다. 오랜 기억 속에서 보았던 노파의 고집스러운 눈빛이 나를 노려보았다. 나도 모르게 노파의 시선을 피했다. 노파는 여전히 내게는 두려운 존재였다. 노파의 등이 다시 굽었다. 손을 뻗어 내 손을 잡고 자신의 몸을 슬며시 기대어 왔다. 노파의 이런 행동은 전에 없던 일이라 나는 긴장했다. 노파의 은근한 목소리가 몸에서 뿜어 나오듯 다정하게 들렸다. 너는 그냥 내 집에 들어오기만 하면 돼. 노파의 은밀한 목소리에 맞춰 나는 눈을 가늘게 떠 눈웃음을 짓고, 입꼬리를 한껏 올리며 미소를 지었다. 나는 노파의 어깨를 다시 조심스럽게 부축했다. 그리고 내가 낼 수 있는 가장 다정한 목소리로 노파에게 물었다. 근데요, 어머니. 그 집은 얼마예요?

공들여 깐 커다란 꽃게 다리는 노파가 먹기 좋게 껍질이 반쯤 까여 투명한 살빛으로 흔들렸다. 덥석 건너온 노파의 거친 손이 내 손 끝에 쥐고 있던 게 다리를 낚아채듯 받았다. 투명한 게살을 바라보는 노파의 눈이 반짝거리며 빛났다. 게 다리에서 검은 간장물이 흘러 노파의 손등을 타고 흘렀다. 노파는 내가 건네준 게 다리를 받아 들더니 곧장 입으로 가져갔다. 노파는 쭙,

소리를 내며 게 다리를 빨았다. 투명한 게살이 노파의 붉은 입속으로 빨려 들어갔다. 게 살이 목구멍으로 넘어가기 무섭게 노파는 손가락을 적신 간장물을 핥았다. 몇 번 붉은 혀를 날름거리며 손가락을 핥더니 반쯤 남겨진 게 다리의 껍질을 깨물기 시작했다. 우걱 소리를 내며 노파의 입속에서 게다리가 부서졌다.

 어버이날을 앞 둔 주말, 남한강변에 위치한 간장게장 전문 식당은 입구부터 주차장까지 빨갛고 하얀 영산홍이 원색의 빛깔로 화려함을 자랑하고 있었다. 길 따라 만개한 영산홍 꽃 무더기 위로 5월 한낮의 따가운 햇살이 눈을 찔렀다. 검은 선글라스가 아니었다면 자칫 눈이 멀 지경이었다. 식당은 무한리필이라는 영업 전략으로 이미 소문이 났는지 손님으로 넘쳐났다. 몇 번 지인들과 찾아왔었지만 올 때마다 복잡하고 소란스러워 정신없이 식사를 마치기 일쑤였다. 개인적으로 이렇게 산만한 분위기의 식당에서 식사하는 것을 나는 좋아하지 않는다. 도떼기 시장통같이 이렇게 정신없는 곳에서 도대체 무슨 맛을 느낄 수 있단 말인가. 시누이가 어버이날 가족들 식사로 노파가 간장게장을 먹고 싶어 한다는 말을 전했을 때, 나는 이 집이 생각났지만 결코 내 입으로 이런 곳을 추천하고 싶지는 않았다. 이곳을 추천한 사람은 손아래동서였다. 그러고 보니 동서의 집이 지역적으로 이곳과 가까웠다. 이미 맛집으로 소문난 곳이라니 당연히 동서도 입소문을 들었을 것이다. 아주 오랜만에 만나는 가족들의 식사에 겨우 간장게장 따위가 먹고 싶다는 시어머니도 마음에 들지 않았지만 시어머니의 요청에 선뜻 이 집을 추천한 동서는 더욱 마음에 들지 않았다. 동서의 추천에 시누이가 합세했고, 속절없이 남편도 찬성의 뜻을 드러내 자연스럽게 장소가 정해졌다. 소갈비도 아니고 겨우 간장게장이라니. 입을 삐죽이며 입속말을 해 보았지만, 어느 누구도 내 말을 귀담아 듣지 않았다.

10년 만의 재회였다. 어제저녁 느닷없이 받은 시어머니의 전화 때문에 갑자기 만나게 된 시댁 식구들이었다. 시누이와 시동생 부부. 그들은 이미 알고 있었지만 나는 오늘 시어머니의 집을 처음 보았다. 번듯하게 서 있는 덩치 큰 4층짜리 다세대주택의 위용은 대단해 보였다. 그림자조차도 한없이 넓어 보였다. 식당으로 가기 위해 집을 나서면서 나는 시어머니의 집을 다시 한번 둘러보았다. 한 층만 해도 내가 살고 있는 집의 세배는 더 되는 듯싶었다. 나는 이 정도의 넓이라면 도대체 가격으로 얼마나 되는 건지 도통 가늠할 수 없었다. 더군다나 서울이지 않은가. 또한 가까이에 대한민국 최고의 대학교가 위치하고 있으니 이 집의 가치는 더욱 짐작조차 되지 않았다. 내가 생각할 수 있는 범위

보다 더 비쌀 것이라는 막연한 생각만 들 뿐이었다. 서둘러 남편의 차와 시동생의 차로 나눠 탄 식구들이 식당을 향해 출발했을 때, 시어머니는 굳이 남편이 운전하는 차에 타겠다고 고집을 피웠다. 오랜만에 만나 어색하기도 하고 지난 시간의 기억에 마음이 무거운 나는 시어머니의 존재가 몹시 불편했지만 예전에도 그랬듯이 여전히 그녀의 고집은 꺾을 수 없었다. 나는 10년의 세월쯤은 아무것도 아니라는 듯 다정한 며느리의 표정을 짓는 것에 노력해야 했다. 무언가 감격스러운 표정을 한 채 노파는 남편이 운전하는 뒷좌석에서 얌전히 있었다. 식당에 도착할 때까지 노파는 내 손을 잡고 놓지 않았다.

노파가 자신의 입속에서 깨진 게 껍질을 꺼내 식탁 위로 쌓기 시작했다. 노파의 손가락을 적신 검은 간장물이 손등 위로 흐르고 있었다. 노파는 간장물쯤은 안중에도 없다는 듯이 입으로 게의 다리를 깨고 손가락으로 입속에서 그 껍질을 꺼내 식탁 위로 내려놓기를 반복하고 있었다. 노파의 손등을 타고 내려 온 간장물은 팔뚝을 적시며 식탁으로 떨어졌다. 나는 노파의 팔뚝에서 떨어지는 간장물이 마치 내 치마를 적실 것 같아 치마를 덮은 앞치마를 손바닥으로 눌렀다. 아이, 엄마. 좀 천천히 드슈. 맞은편에 앉은 시누이가 물수건으로 식탁 위를 닦으며 조그맣게 말했다. 시누이의 말은 소란스러운 식당의 여러 소리에 묻혀 노파에게 전달되지 않았는지, 노파는 딸에게 시선조차 주지 않은 채 게다리의 살을 발라 먹고 있었다. 노파의 팔뚝에서 떨어진 간장물이 시누이의 손끝에서 물수건에 흡수되고 있었다. 간장물이 밴 물수건이 곧 검게 변했다. 무심히 시누이의 손끝을 바라보던 나는 고개를 들다 시누이와 눈이 마주쳤다. 시누이는 언제부터 나를 바라보고 있었던 걸까. 시누이와 눈이 마주치자 나는 당황한 속마음을 들키지 않게 눈을 가늘게 뜨며 억지로 입술 꼬리를 올렸다. 나는 이렇게 웃는 내 모습이 다른 사람들에게 착하고 순한 인상으로 보여진다는 것을 알고 있었다. 그녀는 조금 웃는 듯도 했고 아닌 듯도 한 묘한 얼굴빛을 했다. 혹시, 귀찮은 표정인 것도 같았다. 아니, 잘 모르겠다. 예전엔 그토록 눈치 보던 시누이의 심중 따위는 내게 별로 중요하지 않게 된 지 오래였다.

시누이가 다시 노파에게로 눈길을 거두어 가자, 나도 입술 꼬리를 내렸다. 조금 전, 시누이가 나를 바라보고 있던 순간에 나는 어떤 표정을 하고 있었을까를 잠시 생각했다. 나는 노파의 팔뚝을 타고 흐르는 간장물이 더럽다고 느껴져 슬쩍 노파에게서 눈길을 거둬 먼데 창을 바라보았다. 날름거리며 몇 번이고 게 껍질을 속 아내는 붉은 혀가 징그러워 속이 메슥거렸다. 가끔씩 만족스러운 미소를 띠는 노파의 입속에서 반짝이던 황금 이도 누런 치석에 덮여 지저분하게 보였다. 노파의 게슴츠레한 눈꼬리 끝에 눈곱이 끼어 있었지만, 짐짓 못 본 척했다. 다정하게 손을 뻗어 눈가를 쓸어 눈곱을 떼어내 주는 짓 따위는 하고 싶지 않았다. 나는 그저 내 눈길을 조금 돌려 노파의 눈곱이 내 시야에 들어오지 않도록 시선을 피하고 있을 뿐이었다. 나는 속마음이 내 표정에 고스란히 나타나 있었을 것이 갑자기 염려스러워졌다. 시누이가 정말 내 표정을 읽었을까, 나는 조심스럽게 시누이의 표정을 살폈다. 시누이는 옆에 앉은 동서를 향하고 앉아 서로 마주 보고 있었다. 조금 전 노파의 간장물을 닦은 검은 물수건이 시누이의 밥그릇 옆에 놓여 있었다. 동서는 시누이를 보고 무엇인가 얘기를 건네고 있었지만 소란스러운 식당의 소음에 섞여 둘의 얘기를 알아들을 수는 없었다. 둘은 낮게 소곤거렸고 가끔씩 마주보고 웃었다. 노파를 사이에 두고 옆에 앉은 남편과 건너편의 시동생도 서로를 바라보며 떠들고 있었다. 나는 남편이 시동생과만 떠드는 것인지, 혹은 시누이, 동서와 함께 얘기하는 것인지 잘 분간이 되지 않았다. 소란스러운 식당의 소음과 뒤섞여 그들은 물속에서 입술만 뻐끔거리는 금붕어처럼 보였다. 웅성웅성 넓은 식당 안에 가득 찬 많은 사람들이 저마다 목소리를 높여 웃고 떠드는 소리가 한여름 매미가 울어대듯 귓가를 찔러대는 통에 조금씩 머리가 아파왔다. 노파의 팔뚝을 타고 흐르는 간장물이 모처럼 입고 나온 흰 플라워 무늬의 원피스 위로 떨어지지 않도록 앞치마를 당겨 무릎 밑에 감추는 것도 신경 쓰이는 일이었다. 나는 눈매가 선량해 보이도록 눈을 가늘게 뜨고 입꼬리를 올리는 것을 주의하며 시누이와 동서를 쳐다보았다. 이런 표정이라면 내가 저들을 얼마나 얄밉게 생각하는지 둘은 알지 못할 것이다. 억지로 올리고 있는 입꼬리 때문인지 얼굴에 경련이 일었지만, 미소가 지워지지 않도록 눈을 더욱 가늘게 떴다.

나는 노파가 게 다리를 편하게 먹을 수 있도록 집게를 이용해서 반쯤 깐 다음에 노파에게 건네주는 것을 멈추지 않았다. 노파는 내가 건네주는 꽃게의 다리를 쭙쭙 소리가 나도록 빨아 먹었다. 그리고 남은 나머지 반쪽의 게 다리를 우적거리며 씹어서 식탁 한 편으로 쌓았다. 노파의 손가락과 손등을 거친 검은 간장물이 여전히 노파의 팔뚝을 적시고 있었다. 저들만의 대화에 빠진 시누이는 노파의 팔뚝에 흐르는 간장물에 다시는 관심을 갖지 않았다. 다리를 씹어 내려놓는 노파의 이마에 고집스런 주름이 깊이 패어 있었다. 곱슬한 백발의 짧은 머리가 선풍기 바람에 날리면서 형광등 불빛에 은빛으로 빛났다. 노파의 두터운 입술 옆에 붙은 게 껍질의 부스러기가 백발과 함께 반짝였다. 그 모습이 내게는 계속 눈에 거슬렸지만 물수건으로 노파의 입 주변을 닦아주는 친절 따위도 하지 않았다. 노파의 자식들 중 어느 누구도 역시 그런 일은 하지 않는다.

 어젯밤이었다. 핸드폰에 시누이의 전화번호가 떴을 때, 가슴에서 돌멩이가 떨어지는 소리를 들었다. 10년 동안 왕래가 없던 시댁이었다. 간간이 동서를 통해 노파의 소식을 전해 듣긴 했었지만, 그마저도 5년 전부터는 아예 소식을 끊었다. 늦은 저녁, 떨리는 마음을 겨우 진정하며 전화를 받았다. 전화기 건너에서 들려온 시누이의 목소리는 건조했다. 잘 지냈냐는 안부가 머뭇거리며 겨우 건너왔다. 왜요? 무슨 일이에요? 시누이의 낮은 목소리를 젖히며 내가 재차 물었을 때, 내가 들을 소식은 한 가지 뿐이라고 생각했다. 어쩌면 팔순을 오래전에 넘긴 노모의 별세 소식을 기대했는지도 모르겠다.
 "아가, 어떻게 지내고 있냐? 보구 싶구나."
 예상과 달리 시누이의 전화기를 빼앗은 노파의 다급한 목소리가 들려왔다. 콧물을 훌쩍이며 젖은 목소리로 나를 찾는 노파의 목소리가 귀에 꽂히던 그 순간 나는 이해할 수 없는 추위에 몸을 떨었다. 마치, 저승에서 귀신이라도 찾아온 듯한 공포가 심장을 눌렀다. 온몸을 감싼 냉기가 미처 지나지 않은 겨울의 찬바람 앞에 벌거벗긴 채 서 있는 것 같았다.

"아 어, 머, 니."

공포스러운 감정과 추위에 질려 나는 온몸에 돋는 소름을 느끼며 아득해져 가는 정신을 간신히 부여잡고 있었다. 노파는 울음소리를 내면서 무슨 말인가를 계속하고 있었지만, 한 마디도 알아들을 수 없었다. 웅얼웅얼 거리는 노파의 말 속에 간간히 힘 있게 뱉어내는 '집을 지었다'는 말만은 또렷하게 전해져 왔다. 알 수 없는 공포와 한기가 알아들을 수 없이 계속되는 노파의 웅얼거림에 차츰 짜증으로 변해갈 즈음 시누이가 노파의 전화기를 뺏었다.

친정의 먼 친척이 중매를 했다. 동네 시장통에서 건어물가게를 하는 엄마를 도와 매일 출근하는 언니와 달리 고등학교를 졸업하고 특별한 직장이 없던 나는 엄마 표현에 의하면 집에서 빈둥거리기나 하던 겨우 스물한 살이었다. 주말이면 취직한 친구들을 만나려고 용돈을 타기 위해 징징거리는, 엄마에게는 애물단지였다. 일찍 치워 버리고 싶은 아깝지 않은 딸이었다. 제법 행세 꽤나 한다는 이종사촌의 말을 믿고 엄마는 주저 없이 시댁과 사돈이 되었다. 어린 나이에 무슨 시집이냐고 온통 화가 나 있던 나는 막상 선 자리에 나온 남편을 보고, 가슴이 설렜다. 훤칠한 키에 세련된 이목

구비는 흠 잡을 데가 없었다. 몇 번의 데이트에서 보여준 남편의 조용한 성격과 다정한 성품은 내게 신뢰를 주었다. 어머니와 함께 사업을 한다는 남편의 직업에 대해서 자세히 알아볼 생각 같은 것은 하지도 않았다. 취직도 되지 않아 엄마에게 잔소리나 듣고 있는 할 일 없이 따분한 처지를 빨리 벗어나고 싶었다. 아버지 없이 자란 내게 다정한 미소를 짓는 낯선 남자가 무턱대고 좋았다. 느껴보지 못했던 아빠의 정 같은 푸근한 느낌에 제법 많은 여덟 살의 나이 차이쯤은 문제가 되지 않았다.

결혼을 결심하고 처음 인사 간 시댁에서 마주친 시어머니를 보고, 나는 놀라지 않을 수 없었다. 지나칠 정도로 짧은 퍼머의 머리결은 철사처럼 뻣뻣해 보였다. 얼굴 중앙에 고목처럼 자리 잡고 있는 커다란 코와 쌍꺼풀 없는 작은 눈에는 까만 눈동자가 생쥐처럼 반짝였다. 유난히 두툼한 입술이 시어머니의 인상을 고집스러워 보이게 했지만, 무엇보다 여자로는 큰 키에 떡 벌어진 어깨 때문에 시어머니의 첫인상은 매우 남성적이었다. 시어머니를 더욱 강해 보이게 했던 것은 우렁우렁한 그녀의 목소리였다. 허스키함이 배어 있는 그녀의 목소리는 성량이 커서 조그맣게 말해도 싸움을 하는 사람들의 그것처럼 상대를 위축시켰다. 웬만한 남자들조차 감히 말을 걸어 볼 엄두를 내기 어렵다고 했다. 불같이 화를 내기가 일쑤였고, 막걸리 주전자를 통째로 들고 그냥 마셔버리기도 했다. 시어머니의 요란한 성정을 두고 남들은 뒤에서 시어머니를 여장부라 부르기도 했지만, 대게는 쌈닭이라고 했다. 저런 시어머니에게 남편처럼 부드러운 성품의 아들이 있다는 사실이 신기할 지경이었다.

젊은 나이에 홀로 된 시어머니는 집장사를 했다. 시아버지가 하던 일이라고 했다. 마을의 중간중간 비어 있는 땅을 헐값에 사서 다세대를 지었다. 뇌졸중인지 심장마비인지 급살 맞았다고 표현되는 시아버지는 갑자기 쓰러지면서 병원으로 옮겨 가는 중에 이미 사망하였다. 시어머니에게는 어느 날, 남편이 짓다 만 건물과 어린 삼 남매가 남겨져 있었다. 아이들과 살아야 했던 시어머니는 노가다판이라 칭하는 공사현장 인부들과의 험한 말도 마다치 않고 직접 건물을 완성했다. 한 번의 경험은 두 번째를 두려워하지 않았다. 이재에 밝았는지 시어머니는 계속 집을 지었다. 시어머니가 지은 집은 개별적으로 세를 주거나, 건물 통채 거래가 되기도 했다.

입을 오물거리며 게 껍질을 발라내던 노파가 손을 멈추고, 옆에 놓인 물수건을 들었다. 노파가 먹기 좋도록 게 껍질을 잘라주던 나도 손을 멈추고 노파를 바라보앉다. 노파는 손에 든 물수건으로 입 주변을 닦더니 손에 묻은 간장물도 닦아냈다. 물수건으로 힘껏 닦아 낸 입가에는 반짝이던 게의 껍질들이 사라지고 붉게 수건 자욱이 남았다. 노파는 오물거리던 입술을 굳게 다물었다. 두터운 입술 위로 특유의 고집스러움이 드러났다. 검게 간장물이 든 물수건이 노파의 손에 들려 있었다. 나는 들고 있던 집게를 내려놓고 엄지와 검지 손가락을 집게처럼 구부려 노파의 손에 들린 물수건을 들어 상 위에 내려놓았다.

나는 여전히 가늘게 뜬 눈과 힘껏 올라간 입 꼬리로 미소를 지은 채 노파를 보았다. 어머니, 뭐 드려요? 내 표정은 이렇게 말하고 있을 것이다. 노파는 내 표정을 알아보았다. 노파가 한쪽 무릎을 세우며 엉덩이를 들썩였다. 나는 노파가 화장실에 가고 싶어 한다는 것을 알 수 있었다. 황급히 앞치마를 내려놓으며 일어섰다. 허리를 숙여 오른팔을 노파의 어깨 밑으로 넣으며 반대편 팔은 손바닥을 펴 노파의 등을 받쳤다. 노파가 조심스럽게 일어날 수 있도록 어깨 밑으로 넣은 팔에 힘을 주며 위로 당겼다. 노파가 끄응 소리를 내며 따라 올라왔다. 구십이 넘은 노파의 굽은 등이 손바닥에 느껴졌다. 커다랗던 몸이 세월에 묻혀 삐걱 소리가 들리는 듯 쇠약해 보였다. 앉아 있던 방석을 밟으며 몸의 방향을 트는 것도 힘겨운지 노파의 몸짓이 더디게 움직였다. 일어서는 노파와 나를 식탁의 맞은편에서 시누이와 동서가 올려다보고 있었다. 시동생이 따라 일어났다. 엄마, 화장실 다녀오시게? 같이 갈까? 시동생이 우리 쪽으로 움직이려 하자, 노파가 손을 올렸다. 그만 두라는 뜻이었다. 내비둬, 큰애랑 같이 갔다 올텨. 노파는 허리를 곧게 펴지 못하고 엉거주춤 발을 떼었다. 노파의 등을 부축하며 슬쩍 바라본 동서의 얼굴이 한쪽으로 돌아갔다. 미세하게 왼쪽의 입술이 샐쭉 올라가는 것이 보였다. 들을 수는 없었지만 콧방귀 소리도 들리는 듯했다. 시누이의 시선은 아래를 향하고 있었다.

식탁의 중앙에 놓인 간장게장의 접시에는 아직도 꽃게가 수북이 쌓여 있었고, 시누이는 젓가락으로 게장을 뒤적이고 있었다. 일부러 시선을 피하는 것 같았다. 당신이 수고해 줘. 남편이 서 있는 시동생을 향해 손을 까닥이며 앉으라는 신호를 하면서 나에게 말했다.

나는 노파를 조심스럽게 부축하며 화장실을 향해 걸었다. 노파의 굽은 등 때문에 치마자락이 앞으로 쏠려 노파의 발에 걸리적거렸다. 나는 노파의 등을 받치던 손을 앞으로 돌렸다. 노파의 치마를 슬쩍 들어 내 손으로 말아 쥐며 노파가 걷는데 불편하지 않도록 했다. 어버이날을 앞 둔 주말이어서 손님이 많은 건지, 아니면 맛집으로 소문이 나서 원래 손님이 이렇게 많은 것인지 알 수 없었지만, 식당은 많은 손님들 때문에 걸음을 쉽게 옮기기가 힘들었다. 통로를 막는 손님들에게 일일이 양해를 구하며 천천히 나아가야 하는 화장실까지의 여정은 참으로 힘들고 어려운 길이었다.

  결혼 후 시어머니와 함께 살았던 결혼생활은 말 그대로 악몽이었다. 시어머니는 월급을 줄 필요가 없는 가정부를 하나 들인 듯했다. 하루는 새벽부터 시작되었다. 식구들의 식사 준비와 빨래, 방도 많고 불편한 구조의 단독주택 청소는 물론이고, 시어머니 현장의 인부들 간식까지도 챙겨야 했다. 늦은 밤까지 계속되는 집안일은 나를 몹시 피곤하게 했다. 집장사를 한다고 이곳저곳에 벌여 놓은 현장 때문에 시어머니는 가사일을 전혀 돌보지 않았다. 남편과 세 살 차이의 시누이는 시어머니를 도와 사무실 일을 하고 있었기에, 시어머니 못지않게 바빴고, 아직 학생이었던 막내 시동생은 자신의 청춘에 바빴다. 그렇다고 남편이라고 내게 편안한 사람은 아니었다. 결혼 전 짧은 데이트 때는 말도 잘 들어주고 마주 보며 웃기도 하였건만, 막상 결혼을 하고 나니 사정이 달라졌다. 새벽부터 시어머니와 함께 나간 남편은 늦은 밤에 겨우 돌아왔다. 집안일로 바쁜 나는 부엌을 벗어나기 힘들어 우리는 서로 얼굴 보기가 힘들었다. 그마저도 남편은 가끔 몇 달씩 집에 들어오지 않기도 했다. 처음 현장을 시작할 때는 자재를 많이 갖다 놓기에 지킬 사람이 필요하다는 설명을 겨우 들었다. 시어머니의 말을 잘 듣는 남편이었다. 아이가 태어나고 살림만이라도 분가하고 싶었지만, 시어머니 성정을 누구보다 잘 알고 있었던 나는 감히 그런 말을 꺼내 볼 수도 없었다. 무엇보다도 우렁우렁한 시어머니의 음성이 무서워 제풀에 미리 포기해 버린 건지도 몰랐다.

 남편도 없는 집에서 갓 낳은 딸아이를 등에 업고 새벽부터 식사 준비와 청소는 물론이고 많은 빨래를 돌리고, 널고, 개는 일상을 반복하면서 나는 나의 존재가 의심스러워졌다. 내가 정말 이 집의 식구가 맞는지 모두에게 묻고 싶었다. 시어머니는 걸핏하면 반찬 타박을 하며 상을 엎었고, 술에 취하면 대학교라도 졸업한 남편과 겨우 고졸의 내 처지를 비교하며 수준 차이를 들먹였다. 딸이 커 가며 아장아장 걸어 유치원을 지나고 초등학교에 다니는데, 얼굴 볼 때마다 인사를 건네도 눈길 한번 맞춰주지 않아 아이를 주눅 들게 했다. 당신의 핏줄인데도 정을 표현하지 않는 시어머니가 나는 이해하기 어려웠다. 시어머니가 나를 정말 힘들게 했던 것은 친정을 이야기할 때였다. 시어머니는 바람난 친정아버지와 일찍 이혼한 친정엄마가 다시 새아버지와 재혼한 것을 험담처럼 얘기하는 것이었다. 사별한 당신이 개가하지 않고 자식들을 거두며 혼자 살아온 시간에 대한 자부심인 것 같았다. 나는 시어머니의 얘기를 들을 때면 마치 친정엄마가 부정이라도 저지른 것처럼 모멸감이 느껴졌다. '친정 같지도 않은'이라는 표현을 서슴치 않더니 매번 친정나들이를 쉽게 보내주지 않았다. 나는 결국 명절 때마다 눈치를 보다가 스스로 주저앉고 말았다.

행세 꽤나 한다던 시댁의 살림은 풀리지 않는 미스테리였다. 몇 번이나 집을 지어서 팔고, 다시 땅을 사서 짓고 팔기가 여러 번 반복되었지만, 시어머니는 월말이면 인부들 월급 맞추기를 힘들어 했다. 자재 대금도 밀리기 일쑤였고, 은행 이자는 왜 그렇게 불어나는지 알 수가 없었다. 늘 대단한 사업처럼 바빠 죽겠다는 시어머니의 형편은 좀처럼 나아지지 않았다.

시댁을 나오던 날의 풍경이 눈에 선하다. 15년 동안 하루의 휴가도 없이 종종걸음으로 살림에 파묻혀 살던 나는 그날 밤이 운명처럼 느껴졌다. 봄날의 어느 날로 기억된다. 마당에 핀 벚꽃이 함박눈처럼 흩날렸다. 저녁에 돌아온 시어머니의 뒤를 따라 몇 명의 인부들이 집안으로 들어섰다. 저녁상을 들고 부엌을 나와 마루에 상을 보았다. 인부들에게서 옅은 술 냄새가 났다. 마루에 앉은 시어머니가 때가 되었으니 밥을 먹고 가라고 인부들을 불렀다. 그러나 인부들은 마루로 올라서지도 않고 시어머니에게 돈을 내놓으라고 했다. 그들의 대화로 미루어보면 시어머니는 인부들에게 주어야 할 월급을 여러 번 약속을 미루었고 기다리다 못해 그들이 집까지 찾아온 듯했다. 약속을 지키라고 큰소리로 언쟁이 벌어졌고, 험한 말이 오고 갔다. 자주는 아니어도 몇 번 있었던 일이었기에 놀라지도 않고 나는 시어머니와 그들의 다툼을 지켜보았다. 다시 약속 날짜가 정해지고 인부들이 돌아가자 제 분을 삭이지 못한 시어머니가 마당으로 상을 던졌다. 그때, 마침 학교에서 돌아오던 딸에게 반찬 접시가 날아가 딸의 이마를 찢었다. 찢어진 이마에서 선홍빛 피가 흘렀다. 봄바람에 흩날리던 벚꽃잎 하나가 딸의 이마에 붙었다. 흰빛인 듯 연한 분홍의 꽃잎이 곧 선홍의 피에 붉게 물들었다. 엉덩방아를 찧은 채 이마에 흐르는 자신의 피를 보고 놀란 딸이 울음을 터트렸고, 딸의 울음소리에 남편이 뛰어나왔다. 시어머니와 인부들의 싸움에는 관여하고 싶지 않아 일부러 방에서 모른 척 하고 있던 남편도 딸의 이마에 흐르는 피를 보는 것은 상황이 달랐다. 병원에 가려고 딸을 일으켜 세우는 남편을 바라보던 시어머니가 그대로 안방으로 들어가 버렸다. 당신의 잘못으로 벌어진 일이니, 맨발로 달려가 딸애를 안아줬어야 마땅할 상황이었건만 그러지 않은 시어머니의 태도에 그 밤, 나는 이성을 잃었다. 내 생각은 굳이 당신의 잘못이었건 아니었건이 중요치 않았다. 나는 딸애를 대하는 시어머니의 냉정한 태도가 그동안 내가 받아왔던 불합리한 대우보다 더욱 받아들일 수 없었다.

 이마에 열 개의 바늘 자국을 남기고 제 머리통보다 더 크게 붕대를 감은 딸을 입원실에 눕혀둔 채 병원에서 돌아온 나는 남편에게 말했다. 이렇게는 살 수 없어요. 나는 딸을 데리고 이 집을 나갈 테니 당신은 어머니와 사세요. 대신 나와 딸이 살아갈 작은 집을 하나 구해 주세요. 나는 내가 식구인지 가정부인지 분간할 수 없는 대우를 받으며 살아온 15년 노동력의 댓가를 요구했다. 내 얘기를 듣던 남편이 일어나서 시어머니 방으로 건너갔다. 남편을 따라 시어머니 방에 들어간 나는 남편이 나를 위해 어떤 행동을 취해줄 수 있는지 확인하고 싶었다. 남편은 시어머니에게 돈을 달라고 했다. 그동안 자신이 받아야 할 월급이라고 했다. 놀란 나는 벌어진 입을 다물 수가 없었다. 시어머니는 하루 종일 어머니와 함께 일 해온 아들에게 따로 월급이라고 준 것이 없었던 것이다. 식비 및 각종 공과금에 쓰이는 생활비를 건네 줄 때마다 시어머니는 살림이 헤프다느니 자식들 뒷바라지에 자신의 허리가 휜다느니 하는 온갖 치사한 소리를 하며 나를 힘들게 하였던 기억에 다리에 힘이 풀려 그대로 주저앉았다. 우리 가정의 미래를 위해서 남편이 따로 월급을 모아놓고 있으리라는 막연한 기대를 했었다. 어머니 집에 얹혀사는 처지라고 생각하고 어머니의 잔소리를 견디었던 내가 한심스러웠다. 좋은 대학교 나오면 뭐하나. 정작 자기 처자식 하나 제대로 돌봐주지 못하는 남편이 시어머니 현장의 노가다 인부들보다 무능해 보였다. 다 썼다는 소리만 계속할 뿐, 정확한 얘기를 해 주지 않는 시어머니에게 남편이 계속 물었다. 끈질긴 남편의 추궁 끝에 결국 시어머니는 시누이에게 커다란 식당을 사줬다는 고백을 해야만 했다. 얼마 전에 강남에 개업한 시누이의 소갈비 식당이 결국 15년 동안 자기 식구의 노동력과 자신의 월급이었다는 사실을 알게 된 남편은 심한 충격을 받았다. 그토록 나아지지 않는 시어머니 사업의 이유가 드디어 밝혀진 것이다.

그날 밤, 남편과 나는 딸이 입원해 있는 병원에 갔다. 진통제를 맞고 잠든 딸의 얼굴을 보며 둘은 보조 의자에 쭈그린 채 잠을 청했다. 새벽녘, 설핏 들었던 잠에서 깨어 옆자리에 있던 남편을 찾으니 보이지 않았다. 남편을 찾아 복도로 나섰으나, 고요한 병원 복도 어디에도 남편은 보이지 않았다. 남편을 찾은 것은 병원의 1층, 외래 진료실이 몰려있는 복도 한 끝에서였다. 남편은 조명도 꺼진 어두운 복도에서 짐승처럼 웅크린 채 울고 있었다. 숨죽여 흐느끼는 남편의 발 옆으로 정체를 알 수 없는 물이 창으로 스며든 달빛에 번뜩이고 있었다.

　우리는 다음 날 시어머니와 함께 살던 집을 나왔다. 남편은 어디서 구했는지 말하지 않았지만 내 소망대로 아주 작은 아파트를 얻었다. 낡은 그 아파트는 친정도 시댁도 아닌 서울 외곽의 낯선 도시에 있었다. 남편은 이른 새벽부터 출근을 했고 지친 걸음으로 늦은 밤 돌아왔지만 돌아오지 않는 밤은 없었다. 시어머니와 함께 일하는 것 같지 않았다. 친구와 함께 새로운 일을 한다고 했다. 시댁의 그림자가 드리워지지 않는 곳에서 나는 비로소 자유를 느꼈다. 휴일도 없이 바쁜 남편을 대신해 서둘러 아이를 전학시키고 나 역시 새로운 일자리를 알아보았다. 특별한 기술도, 경력도 없는 내가 할 수 있는 일은 간단했다. 식당의 서빙이나 대형 마트의 점원이었다.

　처음 하는 직장생활이지만 시댁에서의 생활만큼 힘들지 않았다. 오히려 같은 처지의 여러 사람들을 만나고 부딪치면서 사회생활이라는 소소한 재미도 느낄 수 있었다. 더욱이나 내가 제공한 노동력이 매달 월급으로 환산되어 내게 돌아오는 것은 대단한 즐거움이었다. 남편 역시 내게 자신의 월급을 주었다. 우리 가족은 늦은 밤이 되어야 서로 얼굴을 마주 할 수 있었지만 단란했다. 내 주변의 다른 평범한 사람들처럼. 작은 아파트에서 점점 큰 공간으로 여러 번 이사를 하고 낡은 중고차를 사서 휴일이면 단출한 세 식구가 외식을 나가기도 했다.

매일이 자유롭고 평화로울 것 같았던 날들은 길지 않았다. 사람들에게 치이고 늦은 밤까지 일하는 내 몸뚱이는 점점 지쳐갔다. 아이의 학원비는 턱없이 비싸기만 했고 남편과 나의 월급은 그에 미치지 못했다. 여러 번 집을 옮겨도 내 집은 가질 수 없었다. 한 번 옮길 때마다 대출금은 눈덩이처럼 커져 있었지만 이자를 내기에도 우리는 허덕이고 있었다.

사회생활이라는 것을 하면서 배운 소주 한 잔이 매일 밤 위로가 되었다. 그런 밤이면 시어머니 집에서 철없이 지낸 15년의 세월이 아까웠다. 철없이 시어머니의 농간에 휘둘린 남편이 미웠다. 무엇보다 그런 남편을 택한 나 자신을 용서할 수 없었다. 그런 밤이면 잊었던 시간이 달려들어 심장을 할퀴고 가슴에 불을 붙였다. 미친 사람처럼 울면서 남편을 힘들게 했다. 지나 버린 시간 속에 무심히 흘려보낸 청춘이 아깝고, 억울했다. 아니, 무심히 흘러간 것이 아니었다. 온갖 구박과 설움으로 긴장 속에 움츠러들고 짓이겨진 세월은 가슴 깊숙이에서 어느덧 홧병이 되어 있었다. 그것은 가슴에 문신처럼 남아 절대로 지워지지 않을 것 같았다. 병원에서는 우울증이라고 했고 나는 갱년기라고 변명했다.

시어머니 집을 나온 후 처음 몇 년 동안 남편은 명절

에는 시댁에 가서 차례를 모셨다. 한 집안의 장남이라는 책임감은 아무리 자신을 서운하게 했던 어머니라도 끝내 밀어낼 수는 없었던 모양이었다. 처음에 남편은 나와 함께 가고 싶다고 말했다. 나는 악몽의 과거로 돌아갈 수는 없었다. 딸과 아내가 있는 가정을 택하거나 장남의 책임감으로 시어머니를 택하거나를 가지고 나는 남편에게 선택을 강요했다. 시어머니와 계속 왕래를 요구한다면 나는 남편을 버릴 수 있었다. 남편은 이미 내 가슴 속 깊이 자리한 홧병의 깊이를 짐작하고 스스로 포기했다.

  시댁에 다녀오는 남편의 손에는 시어머니가 보냈다며 전이나 떡 같은 음식이 손에 들려져 있었다. 남편이 현관에 들어서는 동시에 나는 남편의 손에서 음식 봉지를 빼앗아 남편이 보는 앞에서 쓰레기통에 버렸다. 나는 시어머니 냄새만 맡아도 가슴이 벌렁거려 숨을 쉴 수가 없다고 미친 듯이 소리 질렀다. 시댁에 당신이 가는 것까지는 막지 않겠지만 제발, 음식만은 갖고 오지 말아달라고 애원했다. 남편은 음식만 날라 오는 것이 아니라 시댁의 소식도 날라 왔다. 시누이가 차렸던 소갈비집이 결국 문을 닫는 바람에 시설비며 권리금의 큰돈을 손해 봤다는 소식이나 건설회사에 다니는 시동생이 간간이 시어머니의 사업을 도와준다는 정도의 소식을 혼잣말처럼 중얼거렸다. 나는 시어머니의 안부는 물론이며, 시누이와 시동생의 소식도 듣고 싶지 않았다. 그들의 존재 역시 내게는 시어머니와 똑같은 부피의 악몽이었다. 함께 소리 지르며 나를 나무라던 남편과의 싸움도 해가 지나면서 시들해졌다. 남편은 절대 음식을 날라오지 않더니, 한 번 두 번 시댁에 가는 걸음도 멀어졌다. 독립 후 5년 후에는 남편도 나도 명절에는 다른 여행 계획을 잡았다.

 화장실을 가겠다고 나선 노파는 화장실까지 가는 동안 내게 자신의 체중을 실어 온몸을 의지하고 걸었다. 절뚝거리는 걸음걸이는 무언가 몹시 불편해 보였다. 굽은 등 밑으로 커다란 엉덩이가 실룩였다. 힘이 빠진 무릎에 얹힌 엉덩이는 앙상한 다리와 비교되어 우스꽝스러운 모습이었다. 무언가 불편해 보인 것은 유난히 커다란 엉덩이와 근육이 빠져 앙상해진 두 개의 다리에서 느껴지는 비대칭의 그림 때문인 것 같았다. 노파의 왼팔을 잡은 내 팔뚝에 힘이 들어갔다. 내 오른팔은 노파의 오른쪽 어깨를 감싸듯이 안았다. 세월의 무게처럼 줄어든 몸피가 처량하게 느껴졌다. 아직도 깊은 밤 소스라치게 놀라는 악몽에는 시어머니가 던진 사기 접시에 깨진 이마를 붙들고 울고 있는 딸이 보였다. 어떤 날은 울고 있던 딸의 모습이 하루종일의 살림살이로 피곤에 지친 나이기도 했다가 시집오기 전, 어린 시절의 내 모습이기도 했다. 봄바람에 흩날리던 벚꽃 잎이 처연하게 아름다워 서럽게 울다가 깨곤했다.

힘이 빠진 노파의 모습에서 결코 용서할 수 없을 것 같았던 10년 세월의 건너에 서 있는 시어머니의 모습이 오버랩 되었다. 애증의 감정이 서로 뒤섞여 마음이 점점 복잡해져 왔다. 노파는 무슨 말인가를 계속 얘기하고 있었다. 소란한 실내의 여러 소리에 뒤섞여 나는 노파의 중얼거리는 소리를 도무지 알아들을 수 없었다. 감싸듯 안은 노파의 어깨가 손에서 빠져나가지 않도록 손에 힘을 주는 것에 신경을 쓰느라고 노파의 웅얼거림은 더욱 들려오지 않았다.

"집 말이다, 집."

화장실의 세면대 앞에 선 노파의 작은 눈이 까맣게 빛났다. 아흔을 넘긴 노인의 눈에서 달빛도 제 빛을 감춘 어둠속에, 저 홀로 반짝이는 샛별을 본 느낌이 들어 잠시 당황스러워졌다. 당신의 목소리가 너무 컸다고 느꼈는지 노파의 목소리가 다시 은밀해졌다.

"그거 니꺼란다, 내가 너 줄려고 지은거야, 알았지?"

노파의 말이 한 순간에 다가왔다. 그러니까, 집이란 노파의 집이었다.

노파는 자신이 살던 단독주택을 헐어 지난해 공들여 집을 지었다. 마당까지 300여평의 넓이였던 단독주택은 한 층에 30평의 넓이를 가진 네 개의 독립된 집이 들어찼다. 집은 4층짜리 다세대 건물로 제법 근사한 외형을 갖고 있었다.

노파는 어제 느닷없이 전화를 걸어 우리를 불렀다. 본인이 몹시 아파서, 죽기 전에 우리의 얼굴을 한번 꼭 보고 싶다고 했다. 죽을 것처럼 엄살을 떨며 울어대는 통에 차마 거절할 수 없어서 찾아가겠다고 약속을 했었다.

예상대로 노파는 죽을 정도로 아픈 것은 아니었다. 대신 우리는 우리가 도망치듯 빠져나왔던 옛 터전에, 노파의 의지대로 번듯하게 서 있는 다세대 건물을 보았다. 그리고 한 층에 네 개이던 2층에는 두 개를 합쳐 한 개의 집을 지어서 노파가 혼자 살고 있었다. 노파는 우리에게 자신이 지은 새로운 집을 자랑하고 싶었던 것이다. 그 집을 내게 준다고?

나는 한 번에 노파의 속을 읽어낼 수 있었다. 노파는 장남이 보고 싶은 것이다. 아흔의 노파에게는 다른 어느 자식도 장남의 역할을 대신할 수 없었다. 왕래가 끊긴 5년 동안 노파는 오로지 장남을 그리워했을 것이다. 자신의 생을 걸고 노파는 마지막 거래를 하고 있는 것이다. 자신이 가진 모든 것을 주고 장남의 얼굴을 마지막까지 볼 수 있는 그런 거래. 영악한 노인네.

―《한국소설》 신예작가추천모음집 발표

라스베이거스의 분수 쇼

라스베이거스의 분수 쇼

나는 택시에 앉아 점점 어두워지고 있는 라스베이거스의 스트립 거리를 지나고 있었다. 미국 서부여행을 떠나온 지 6일째였다. 사장은 매일 전화를 걸어 그날의 여행 스케줄을 물었다. 서울을 떠나기 전 여행사에서 받은 스케줄표를 따로 복사해 주었지만 사장에게는 소용없었다. 그는 매일 아침 라스베이거스는 언제 도착하는지 물어왔다. 오늘에야 비로소 여행의 목적지인 라스베이거스에 도착했다. 사장은 오늘 여행의 내용과 내가 묵을 호텔 이름을 물었다. 라스베이거스를 향해 버스가 출발한 아주 이른 새벽이었다. 버스 안의 일행들은 모두 잠을 자고 있어서 목소리를 내는 것이 몹시 신경 쓰였지만 전화를 끊을 수는 없었다. 나는 내가 낼 수 있는 가장 작은 목소리로 사장에게 넘겨줬던 프린트를 보며 라스베이거스에 도착하면서부터의 여행 내용을 천천히 읽었다. 스트라토스피어 전망대, 베네치아호텔 관광, 카쇼 관람, 저녁 식사, 벨라지오 분수 쇼, 플라맹고호텔에서 숙박. 흐음. 듣고 있던 사장이 낮은 숨소리를 냈다. 나는 사장이 무언가를 결정할 때면 그런 숨소리를 낸다는 것을 알고 있었다. 나는 사장의 다음 말을 듣기 위해 숨을 죽였다. 사장은 나에게 여행의 목적을 위해 벨라지오 분수 쇼를 포기하라고 했다. 그러겠다고 말했다. 분수 쇼 같은 건 전혀 아쉽지 않았다. 어차피 나에게 여행은 근무의 연장일 뿐이었다. 출장을 조금 멀리 온 것이라고 생각했다. 사장은 그 시간에 내가 누군가를 만나고, 또 그 누군가에게 중요한 무언가를 받아야 한다고 말했다. 알겠다고 대답했다. 통화가 끝났을 때 오늘 하루 시작도 안 한 여행을 마치 끝낸 것 같은 피곤이 밀려왔다.

그림자처럼 다가온 사장이 어깨를 감싸안았다. 내가 흠칫 놀라자 감싸안은 어깨를 풀며 슬쩍 팔뚝으로 손을 움직였다. 무시하는 척하며 게임기 위에 놓인 재떨이를 잡으려고 손을 뻗자 잡은 팔뚝의 안쪽을 주물렀다. 쏭, 좋은 아침. 사장은 출근하면서부터 지분거린다. 세련된 양복으로 전신을 감고 얼굴에는 아침부터 개기름이 번들거렸다. 번들거리는 눈은 알 수 없는 무언가로 언제나 충혈되어 있었다. 느끼한 웃음으로 낮게 말을 걸어 올 때면 일부러 눈길을 피했다. 전신에 오소소 돋는 닭살을 들키게 될까 두려웠다. 어쩌면 그대로 내 감정이 드러날지도 모를 눈길은 일부러 바닥을 향하게 했다. 친근한 척 나를 '쏭'이라고 부르는 것은 내 이름의 성을 딴 사장 나름의 호칭법이다. 사장은 내가 그 호칭을 좋아한다고 생각하는 것 같았다. 그렇게 나를 부르는 그의 얼굴에 우리는 꽤 친한 사이라는 친밀감이 드러났다. 그러나 나는 그저 무식한 깡패의 주먹질로 느껴졌다. 쏭은 무슨, 내가 노래냐, 지랄. 사장이 나를 부를 때마다 속으로 욕지기가 차올랐다. 나는 잡힌 팔을 빼면서 몸을 돌려 사장의 손길에서 벗어났다. 깊숙한 뱃속에서 불편한 감정이 훅 치밀었다. 개새끼, 성추행으로 확. 입속말을 할 뿐 재떨이를 들고 종종걸음으로 사장의 눈에서 벗어났다. 숨 한번 크게, 들이쉬고 내뱉어본다. 결국 절이 싫으면 중이 떠날 수밖에 없다는 것은 누구보다 내가 잘 알고 있는 현실이다. 치근대는 사장의 손길을 하소연한다 한들 사장이 인정하기는커녕 직원들이나 손님들이나 어느 누구도 내 편을 들어줄 사람은 없을 것이다. 어차피 한통속인 경찰은 더욱 어림없는 일이다. 그러나 요령껏 사장의 손길을 피해 가면서 시간을 때운다면 이만큼 편한 직장도 없다.

나는 여행 가이드 옆으로 다가갔다. 일행은 저녁 식사를 마치고 벨라지오호텔의 분수 쇼를 보러 이동하기 전 잠시 휴식하는 중이었다. 일부러 다가서는 나를 보고 가이드가 의아한 눈길로 쳐다봤다. 여행 일정 동안 내가 가이드에게 말을 거는 것은 처음이었다. 나는 가이드에게 개인적인 볼일로 외출을 하겠다고 말했다. 개인적인 볼일이라는 말을 알아듣지 못하는지 가이드가 멍한 표정을 지었다. 여기서요? 고개를 갸웃하며 다시 묻는 가이드의 눈이 커졌다. 네. 대답을 듣고도 가이드는 의아한 표정을 지우지 않았다. 잠시 말을 멈춘 가이드가 생각에 빠졌다. 가이드는 내가 가는 목적지를 물었고, 나는 사장이 말한 호텔의 이름을 말했다. 사촌오빠를 잠깐 만나고 다시 숙소로 돌아온다는 내 설명에 가이드는 택시를 불러 주겠다고 했다. 나는 사장이 말한 내가 만나야 할 누군가를 사촌오빠라고 둘러댔다. 그제야 가이드는 이해되었다는 표정으로 말했다. 그럼요, 워낙 먼 곳이니까 왔을 때 보고 가셔야죠. 그런데 가는 중에 어쩌면 벨라지오호텔의 분수 쇼를 볼 수도 있겠네요.

스트립은 라스베이거스 대로를 따라 남북으로 6킬로미터 정도의 구간이다. 이 구간을 따라 최대 규모의 카지노와 호텔, 유명한 리조트 등이 몰려 있다. 물론 이것은 택시를 불러 준 가이드의 설명이다. 마침 내가 탄

택시는 벨라지오호텔 앞을 지나고 있었다. 호수 때문에 벨라지오호텔은 물 위에 떠 있는 것처럼 보였다. 쇼는 없었다. 서서히 어둠이 내려앉고 있는 호수 앞으로 사람들이 모여들고 있었다.

24시간 성인오락실에서 내가 하는 일은 간단했다. 청소는 따로 배우지 않아도 익숙한 일이었고 환전이라는 것도 돈에 맞게 칩으로 교환해주면 되었다. 특별히 머리 아플 일도 없고 몸도 고단하지 않게 정해진 12시간을 채울 수 있었다. 게다가 보수도 야박하지 않아서 견딜 수 있다면 이번 직장은 오래 버티어볼 요량이다. 불편한 속을 털어 내듯 한 손으로 치맛자락을 털었다. 무릎 위 허벅지에서 찰랑거린 치마가 새로운 공기를 뿌려 다리가 시원했다.

문득 치마 길이가 너무 짧지 않아? 하고 흘겨보는 그의 눈길이 떠올랐다. 출근 준비를 서두르던 아침이었다. 이 정도가 뭐! 지지 않고 눈을 흘기면서 스타킹을 신는 손길을 멈추지 않았다. 그는 나를 보던 눈을 TV로 옮겨갔다. 맘대로 해라. 혼자 중얼거렸다. 소리도 나지 않는 그의 입속말이 내게는 천둥처럼 들렸다. 다녀오라는 말도 하지 않은 채 이내 이불 속으로 숨어버렸다. 미처 감추지 못한 머리통이 까맣게 올려다봤다. 안방 문을 닫고 현관을 나설 때까지 까만 머리통은 나를 따라왔다.

  오락실 한쪽으로 휴게실이 있고, 벽면을 따라 줄지어 자판기가 있었다. 나는 자판기 옆에 있는 쓰레기통으로 다가섰다. 들고 온 재떨이를 통 안에 비웠다. 그 안은 먹고 버린 컵라면과 과자봉지 등이 넘쳐 뚜껑조차 닫히지 않았다. 미처 담기지 못한 다른 쓰레기들이 주변에 널려 있었다. 널려진 그것들을 손으로 주워 통 속에 밀어 넣고 두 손으로 넘쳐나는 쓰레기통을 힘껏 눌렀다. 스티로폼으로 된 컵라면 용기들이 깨지는 소리가 나면서 다시 통 안에 공간이 생겼다. 뚜껑을 닫고 엎드려 아까 미처 줍지 못했던 담배꽁초를 주워 통에 버렸다. 허리를 세워 고개를 들자 머리카락이 흘러 눈을 가렸다. 이마를 훑어 흘러내린 머리를 귀 뒤로 넘겼다. 고개를 돌리자 정수기 옆으로 쌓여있는 플라스틱 컵에 눈길이 갔다. 컵들을 개수대로 옮기는 동안 개수대에 버려진 라면 국물 때문에 역겨운 냄새가 풍겨왔다. 고무장갑을 끼고 세제를 묻혀 거품을 내어 개수대를 먼저 닦고 다시 플라스틱 컵들을 하나하나 닦았다.

  아침 8시에 출근하면서부터 시작된 청소는 한 시간은 족히 걸렸다. 게임기마다 밤새 비워지지 않은 재떨이들을 먼저 거둬 새 재떨이로 갈아 놓고 자판기 주변과 정수기 주변을 정돈하는 것이 우선 하는 일이었다. 밤새 게임에 빠졌던 정신 빠진 인간들은 출근을 하거나 찜질방을 가거나 혹은 각자의 집으로 돌아갔을 것이다. 그러나 간밤의 시간에도 채워지지 않은 욕구로 미처 자리를 뜨지 못하는 인간들이 피곤한 얼굴빛으로 몇 개의 게임기를 차지하고 앉아 있었다. 아침에 대부분의 게임기는 홀로 불을 밝히고 정해놓은 소리를 내며 대단히 즐거운 척 손님을 유혹하고 있었다. 빗자루와 쓰레받기를 들고 비좁은 게임기 사이를 돌고 있을 때 직원이 다가왔다. 오락실의 전체적인 관리를 하고 있는 매니저였다. 그는 정해진 출퇴근 시간 없이 오락실 한쪽에 따로 마련해 놓은 쪽방에 살고 있는 듯했다. 데이를 담당하는 나와 나이트를 담당하는 또 다른 언니를 빼면 정식 직원은 그 하나일 것이다. 물론 시간을 정하지 않은 건장한 체격의 남자들이 수시로 드나들기는 하지만 게임을 즐기고 사장실에서 한참씩 머물다 갈 뿐 따로 월급을 받고 있는 것 같지는 않았다. 사장실로 가 봐요, 찾아요. 눈도 맞추지 않고 옆에 섰다가 지나가듯 말을 전한다. 아휴. 나도 모르게 신음처럼 뱉어진 한숨 소리에 그가 멈칫했다. 귀찮은 사장의 치근거림을 떠올린 내 얼굴에서 감춰지지 않는 짜증을 보았을 것이다.

"나쁜 일 아닐 겁니다."

그가 살짝 어깨를 돌려 나를 보았다. 건너온 부드러운 그의 눈길에 순간 치밀었던 짜증이 서서히 걷혔다.

다정한 눈길 한 자락에 고마운 마음이 일었다. 입꼬리를 올리고 미간을 펴는 것으로 그의 눈길에 답했다. 그가 다시 돌아섰다. 나는 게임기 사이로 걸어가는 그의 등을 물끄러미 바라보았다. 오락실 전체를 차지하고 있는 어둠으로 곧 그의 모습이 스며들 듯 사라졌다. 그는 사장이 나를 찾는 이유를 알고 있는 것일까? 그가 생각하는 나쁜 일이란 도대체 무슨 일일까. 어떻게 나쁘지 않은 일이라는 말을 전할 수 있을까. 그는 이미 사장이 내게 할 이야기가 무엇인지 알고 있으리라는 생각이 확신으로 다가왔다. 짜증이 풀리고 마음 한편 여유가 생겼다. 무언지 모를 기대감조차 생겨나는 듯했다. 나쁜 일은 아니겠지, 낮게 되뇌면서 사장실을 향해 걸었다.

사장은 예의 자신감이 넘쳐나는 표정으로 나를 보았다. 소파에 깊숙이 몸을 묻고 짧은 오른쪽 다리를 왼쪽 다리에 간신히 포개고 있는 모습은 어딘지 불안해 보였다. 두꺼비처럼 두툼한 오른쪽 손가락 사이에 끼워진 담배에서 실 같은 연기가 피어올랐다. 왼손이 받치고 있는 얼굴은 한쪽으로 기울어 있었다. 짧은 팔 때문인지 기울어진 얼굴로 올려다보는 눈길은 흰자위가 드러나 날카롭고 섬뜩해 보였다. 매일 청소하면서 드나들던 사무실이지만 사장과 대면하는 것은 면접 본 날 이후 처음이라 어색하게 생각되었다. 한번 까딱이는 고갯짓으로 인사부터 하고 들어선 나는 일부러 사장과 멀찍이 떨어진 맞은편 의자에 앉았다. 사장이 다리를 풀고 나를 향해 몸을 숙였다. 여전히 손가락 사이에서 담배 연기가 피어오르고 있었다. 갑자기 사장이 한쪽 손을 내 앞으로 쑥 내밀었다. 쥐고 있는 담뱃갑에서 담배 한 개가 솟아 있었다. 잠시 눈이 마주쳤지만 별다른 말은 없었다. 사장이 솟아 있는 담배와 내 눈을 번갈아 보며 웃었다. 짧은 순간 진지한 눈빛이라고 생각되었다. 얼굴은 여전히 개기름으로 번들거렸고, 충혈된 눈 역시 자신감으로 가득 차 있었지만, 지금 사장의 모습은 늘 내가 속으로 욕하던 그 모습만은 아니었다. 알 수 없는 느낌이 서늘하게 다가왔다. 나는 쓱 손을 뻗어 사장이 내밀고 있는 담배를 뽑았다. 라이터의 불을 대주는 사장의 손길에 깊게 담배 연기를 폐로 밀어 넣었다. 지랄. 입술도 움직이지 않으면서 허공에 담배 연기를 뿜어내며 낮게 중얼거렸다. 비로소 뿜어낸 담배 연기 사이로 익숙한 기분이 스며들었다.

  사장이 말했다. 이건 꿩 먹고 알 먹는 횡재 같은 알바야. 좋은 여행을 하고 돈도 벌 수 있어. 나는 생각했다. 그렇게 좋은 기회가 어떻게 내 차지가 될 수 있지? 사장이 말했다. 쏭은 라스베이거스 알아? 나는 생각했다. 어서 숨긴 카드를 내밀어봐. 사장이 말했다. 패키지여행은 보너스야. 나는 생각했다. 왜 나지?

호텔 앞에서 택시가 섰다. 목적지에 도착한 것 같았다. 신호에 몇 번 걸리면서 겨우 10분 정도를 온 것 같은데 택시요금은 45달러를 넘었다. 젠장, 택시비 엄청 비싸네. 혼잣말을 하면서 10달러짜리 5장을 기사에게 건넸다. 문득 거스름돈을 받는 것이 귀찮다고 느껴졌다. 나는 잔돈은 안 줘도 돼요, 라고 말하고 싶었지만 마땅한 표현이 떠오르지 않았다. 기사가 잔돈을 챙기는 잠깐을 지루하게 기다렸다.

도착한 호텔은 엄청나게 커 보였다. 입구 한쪽을 장식한 인공 분수는 웅장했고 호텔의 입구는 마치 광장으로 느껴졌다. 호텔로 들어서는 현관은 바로 카지노로 연결되어 있었다. 객실로 가는 입구에 카지노를 배치해 관광객들을 자연스럽게 카지노로 유혹하는 그들의 상술이 드러나는 건물 구조였다. 가늠할 수 없는 넓이가 주는 압박감에 잠깐 현기증을 느꼈다. 수백은, 어쩌면 수천은 족히 됨직한 게임머신들은 저마다 독특한 전자음으로 음악 소리를 냈고 화면은 선명하고 화려한 색색의 그림들로 반짝이고 있었다. 게임머신이 자리하고 있는 모습은 규칙이 따로 없는 듯 몹시 어수선하고 복잡해 보였다. 아직 이른 시간이지만 군데군데 천장에 달린 미러볼이 내뿜는 낮은 조도의 전구와 수많은 게임머신 화면의 불빛이 반짝이고 있는 카지노 실내는 딱히 낮과 밤이 구분되지 않았다. 게임머신 앞에서 조이스틱을 움직이고 버튼을 눌러대는 많은 사람들도 시간 따위는 전혀 관심 없는 표정이었다. 나는 사장의 설명대로 게임머신 사이에 난 미로와도 같은 통로를 천천히 걸어 카지노의 중앙으로 향했다. 사장은 이곳이 익숙한 듯 호텔의 내부를 자세히 설명해주었다. 그래서인지 나는 처음 오는 장소인데도 어쩐지 익숙한 느낌이 들었다. 두세 명의 사람이 딜러를 중심으로 둘러앉아 있는 블랙잭 테이블이 몇 개 있을 뿐 대부분의 룰렛이나 바카라 테이블은 비어 있었다. 맞은편에 따로 구분되어 있는 포커 룸 역시 아직 한산해 보였다. 그러나 밤이 깊어질수록 퇴근한 직장인들과 관광지에서 돌아온 여행객들로 넘쳐나 카지노는 몹시 복잡해지리라는 것을 나는 알고 있었다.

포커 룸 옆으로 음료나 술을 마실 수 있는 바가 있지만 카지노의 규모에 비해 작다는 느낌이 들었다. 비어 있는 소파가 몇 개 있을 뿐인 바에는 직원으로 보이는 젊은 여자들 세 명이 카운터 앞에 서 있었다. 풍성한 금발을 허리까지 드리운 백인 여자가 작은 맥주병 몇 개와 위스키 잔을 쟁반에 올리고 바를 나서고 있었다. 금발 사이로 잘록한 허리를 드러낸 여자들은 뒷모습에서 교태를 호소하고 있었다. 족히 10센티는 넘어 보이는 하이힐을 신고 한 손은 허리를 짚고, 한 손은 어깨 높이에서 쟁반을 받치고 가슴을 한껏 내밀고 성큼성큼 걸어 게임머신들 사이로 사라졌다. 바를 향해 다가서던 나는 카운터에 서 있던 백인 여자와 눈이 마주쳤다. 하이, 여자가 잇몸을 드러내며 웃음을 보였다. 어두운 조명에도 얼굴의 솜털이 드러나는 어린 마스크의 여자였다. 육감적인 몸매와 어려 보이는 얼굴이 어울리지 않아 나는 잠시 당황했다. 어깨에 걸친 핸드백이 흘러내리지 않도록 힘을 주며 나 역시 그녀를 향해 웃어 보였다. 내가 짓는 미소가 그녀들에게 어떻게 보일지 생각하다가 슬며시 입꼬리를 내렸다. 알 수 없는 조바심이 일었다. 당혹스러움을 감추고 당당한 척 하기 위해 그녀들만큼이나 가슴을 내밀며 천천히 소파를 향해 걸었다. 머신과 테이블 사이를 돌며 게임을 하는 사람들에게 음료를 서비스하는 여자들과 게임 테이블을 주도하는 딜러들의 의상은 같았다. 가슴골이 그대로 드러나는 속옷 형태의 상의와 엉덩이의 반도 가리지 못한 짧은 팬츠는 그녀들을 사람이 아닌 마치 움직이는 하나의 인형처럼 보이게 했다. 홀의 군데군데 놓인 댄스를 위한 단상 위에서 춤을 추는 댄서들의 의상 역시 거의 벗은 것과 다름없었다. 색색의 조명이 교차하는 댄서들의 맨살은 사람의 피부라는 느낌이 들지 않아 전혀 섹시하지도 아름답지도 않았다. 바의 소파에 앉아 멀리 보이는 댄서들의 흐느끼는 몸짓을 무심하게 바라보고 있었다. 동양계 남자가 내게로 다가왔다.

두 달 전, 이력서를 들고 면접을 보러 온 나를 사장이 채용했다. 사장은 내가 이태원에 있는 옷가게에서 2년을 근무했었던 경력을 흥미롭게 생각하는 듯했다. 간단한 영어 회화가 가능하냐고 물었을 때 나는 그렇다고 대답했다. 사실 영어 회화가 별다를까 하는 것이 내 생각이었다. 대화는 얼굴 표정과 눈빛에서 이미 반 이상 이루어진다는 것을 잘 알고 있었다. 거기에 옷을 파는 데는 사실 많은 단어가 필요한 것도 아니었다. 2년의 경력동안 언어가 통하지 않는 이들과의 소통도 별로 어려울 것이 없다는 것을 확실하게 배웠을 뿐이었다. 그마저도 고등학교를 졸업하고 원서를 넣은 대학마다 떨어지고 재수 학원을 다니던 20살의 오래전 일이었음은 말하지 않았다. 물론 굳이 감출 것도 없었지만 일부러 물어오지 않는 이야기를 애써 말할 필요는 없다는 생각이 들었다. 오락실에서 써야 할 영어 회화가 별거겠어? 라고 생각하며 사장을 향해 한껏 예쁜 미소를 지어 보였다. 나는 하루라도 빨리 직장을 가져야만 했다.

  비행기 화물칸에 따로 실렸던 가방들을 찾아 소란스러웠던 켈리포니아 공항의 입국장을 빠져 나왔다. 가이드가 일행들에게 공항 밖에 대기하고 있던 관광버스에 각자 자신들의 가방을 실으라고 외쳤다. 인천을 떠나 겨우 열 두 시간을 날아오는 동안 아직 낯이 익지 않은 일행들 중 내게 선뜻 말을 거는 사람은 없었다. 일행도 없이 혼자 여행하는 젊은 여자의 뒤통수를 쫓아오는 그들의 시선이 반갑지 않았다. 여행이 계속되는 8일 동안 그들이 계속 내게 무관심해 주기를 바라지만, 참견하기 좋아하는 우리의 할머니들이 궁금증을 참아내기는 어려울 것이라는 것을 나는 알고 있었다.

여행은 캘리포니아에서 금문교를 보는 것으로 시작해서 그랜드캐니언을 비롯한 몇 개의 캐니언을 둘러보고 라스베이거스를 거쳐 로스엔젤레스로 귀국하는 6박8일 일정의 패키지 미국 서부 코스였다. 사장은 내게 단체여행에 합류해야 한다고 조언했고, 나는 경비가 싼 비수기를 골랐다. 방학이 필요 없는 60세 이쪽저쪽의 풍요로운 노년의 부부들은 마치 자신들의 딸이나 손녀를 보는 눈길로 나를 보았다. 여행의 목적을 숨기고 있는 나는 최대한 그들의 호의를 피하려 노력했지만 가족처럼 살갑게 다가서는 그들 때문에 몹시 피곤했다.

금문교와 요세미티를 보고 유타주로 넘어 간 일정은 그랜드캐니언을 비롯한 몇 개의 캐니언을 더 돌았다. 나는 가벼운 기분으로 일행들과 적당히 어울리며 특별히 모나 보이지 않게 하려고 애썼다. 라스베이거스에서 일을 처리할 때까지는 여행을 즐기고 싶었다. 사장의 말대로 이런 기회가 아니라면 감히 내가 미국을 여행한다는 것은 어려운 일이 확실한 터였다. 서른의 나이를 호기심으로 다가오는 할머니들에게 나는 그저 살짝 웃어 보이기만 했다. 여행을 왜 혼자 왔느냐는 끈질긴 질문에 결국 남편이 바람을 펴서 이혼을 하고 마음을 추스르려 한다는 거짓말로 둘러댔다. 그들은 고개를 끄덕이고 눈물까지 글썽이며 안타까워했다. 쯧쯧, 혀를 차기도 하고 남편을 향해 욕을 하는 사람도 있었다. 순수하게 나를 염려해주는 그들 앞에 약간의 죄책감도 들었지만, 동정심이 포함된 관심은 나를 늘 귀찮게 했다. 눈길을 피해 스스로 슬픔에 빠진 젊은 이혼녀의 모습을 연출하며 그들의 관심에서 벗어나 보려 해도 번번이 그들이 내미는 초콜릿이나 사탕 같은 간식거리에 속없이 웃었다.

처음 사장이 거래를 얘기했을 때 나는 혼란스러웠다. 여행을 다녀오는 단 8일 만에 사장은 여행 경비를 빼고 오백만 원의 수고비를 준다고 했다. 오백만 원이라면 내 월급의 두 배이며 역시 그 돈이면 나는 두 달을 살 수 있었다. 큰 금액에 내가 멍한 표정을 짓자 그의 얼굴에 미소가 퍼졌다. 곧 사장 특유의 음흉한 웃음으로 번져갔다. 그의 사업은 단순히 오락실만은 아닌 것 같았다. 그에게는 또 다른 직업이 있었던 것이다. 그는 참을성 없는 고객을 위해 라스베이거스에서 받아 올 물건이 절대적으로 필요해 보였다. 물건이라는 것은 C

브랜드의 명품 시계였다. 비로소 나는 눈치로 알 수 있었다. 그의 사업이 어떤 경로를 통하는지는 알 수 없어도 합법적이지 않다는 것은 분명해 보였다. 사장은 이미 여러 번 라스베이거스를 방문해서 신분이 노출된 상태라고 했다. 출입국 시 심하게 검사를 받기 때문에 물건을 갖고 공항을 통과하기 어렵다는 것이었다. 경찰의 눈길을 피할 새로운 얼굴이 필요하다는 뜻이었다. 불법이라는 부분에서 다시 갈등이 왔다. 내가 특별히 애국자이기 때문은 아니다. 문제는 나 또한 공항이나 경찰에 걸릴 수 있다는 확률이었다. 사장은 장담했다. 우리나라에서 걸리는 일은 절대로 없지만, 문제는 미국 공항의 입국이라는 것이다. 그렇지만 단체여행에 묻혀간다면 그 눈길 역시 어렵지 않게 피할 수 있을 것이라고 했다. 그럼에도 불구하고 화물에서 걸린다면? 이라고 물었을 때 사장은 웃었다.

"그들은 쏘, 쿨이야. 그저 물건을 빼앗기만 할 뿐 따로 구속을 하거나 벌금을 물리지는 않아. 알겠어? 결정은 쏭의 몫이지. 거래는 서로가 합의하는 거니까."

잠깐 침묵했다. 사장도 나도 각자의 생각에 빠졌다. 어차피 서로의 상황이 다른 만큼 결정은 각자의 몫이었다. 사장이 나를 선택했다면 나 역시 그를 선택해야 거래가 이루어지는 것이었다. 우리는 동업자였다. 눈치가 빠른 나는 대답을 미루면서 사장의 애를 태웠다.

라스베이거스의 분수 쇼

어차피 그를 대신해서 누군가는 미국을 아니 라스베이거스를 가야 했다. 그가 나를 선택한 것은 내가 사장의 목적을 가능케 하는 나도 모르는 무언가를 평가했다는 것이다. 내가 서두를 필요는 없었다. 그의 설명대로라면 사정이 급한 사람은 틀림없이 사장일 것이니까. 사실은 나도 사정이 급하지 않은 것은 아니다. 집세는 몇 달이 밀렸고, 가까운 사람들에게 아쉬운대로 빌린 급전과 세금이며 보험료는 이미 오래전부터 내 목을 조여오고 있었다. 그런 사실을 사장이 알게 하고 싶지는 않았다. 천천히 일어난 나는 사장실을 나와서 평소와 똑같은 시간을 보냈다. 자리에 앉아 손님들의 환전을 실수 없이 처리했고, 시간마다 게임기 사이를 돌며 재떨이를 비웠다. 드나드는 손님들을 향해 경쾌한 인사를 건네는 것도 잊지 않았다. 퇴근 시간이 다가오자 다시 사장이 나를 찾았다. 사장은 마지막 조건이라며 약속을 했다. 만약의 경우 물건을 잃게 되어도 내게 책임을 물지 않게 한다고 했다. 당연한 일이라고 생각했다. 맘에 들었다. 나는 그가 내민 손을 잡았고 모처럼 예쁜 미소를 지으며 사장을 보았다. 이번에는 사장을 향해 나 혼자 지랄이라고 중얼거리지도 않았다. 다만 아직도 이불속에 누워 TV를 보고 있을 남편을 생각했다.

소파로 다가온 동양인 남자가 맞은편에 앉으며 손을

뻗었다. 악수를 청하는 것을 알 수 있었다. 사장과 약속된 사람이 맞는지 물어봐야 하나, 미소를 짓고 남자의 손을 맞잡으며 속으로는 단어를 고르고 있었다. 중국계인가 생각한 이유는 눈이 작기도 했지만 무엇보다 눈꼬리가 치켜 올라간 그의 첫인상 때문이라고 생각했다. 동양인치고 작지 않은 키에 크림을 발라 귀밑머리까지 올려붙인 머리 모양으로는 나이를 가늠하기 힘들었다. 여행은 재미있었나요? 뜻밖에도 완벽한 한국어 발음이었다. 아, 네. 당황한 속내를 들키고 싶지 않아 대답이 한 박자 어긋났다. 그가 보며 살짝 웃자 민망한 마음에 따라 웃었다. 양쪽 이마를 따라 실밥 같은 흰머리가 검은 머리와 함께 올백으로 넘겨져 있었다. 비로소 눈가의 잔주름이 보였다. 피부의 탄성까지 가늠하면 전체적으로 중년의 이미지가 엿보였다. 남자는 상대방을 편안하게 해주는 기술을 가진 것 같았다. 숙련된 로비스트 같았다. 그가 손가락을 튕기자 바의 스텐드 테이블에 가슴을 붙이고 있던 여자가 작은 맥주병을 쟁반에 담아와 내 앞에 내밀었다. 잠깐 기다리세요. 남자가 일어나 안쪽으로 사라졌다. 나는 맥주병을 들고 단숨에 들이켰다. 시원한 맥주가 가슴을 타고 짜르르 흘러갔다. 약한 알코올 기운에 긴장이 조금 풀어졌다. 얼마 뒤 다시 나타난 남자가 작은 가방을 내밀었다. 가방 안에 약속한 물건이 있습니다. 알아들었다는 뜻으로 나는 고개를 끄덕였다. 남자는 다른 약속이 있다고 했다. 나머지 여행도 즐겁게 즐기세요. 남자가 한쪽 눈을 찡긋하며 웃었다. 친근해 보이는 남자의 웃음에 나도 약간의 여유가 생겨났다. 감사합니다. 사라지는 그의 등 뒤에 메아리처럼 남겨진 내 목소리를 듣고 여자가 다가왔다. 다시 맥주를 주문하고 1달러짜리 지폐를 쟁반에 놓았다. 여자가 눈웃음으로 대답을 했다. 갑자기 뜨거운 물로 샤워를 하고 싶다는 생각이 들었다. 여행의 피로가 한꺼번에 몰려왔다. 빨리 예약된 호텔로 돌아가 쉬고 싶었다. 맥주를 마시면서 가방을 테이블에 올렸다. 가방은 프라다 원단의 A4 정도의 크기였다. 특별할 것도 없이 지퍼로 열고 닫게 되어 있었다. 궁금한 생각에 조심스럽게 지퍼를 열었다. 붉은색 융단의 박스가 하나 있었다. 박스를 꺼내서 뚜껑을 열었다. 로마자로 시간이 표시된 시계가 얌전히 앉아 있었다. 한눈에 봐도 여성용이었다. 사장이 굳이 나를 보낸 이유를 알 것 같았다. 실내의 어두운 불빛에서도 시계는 반짝이고 있었다. 12시를 가리키는 로마숫자 아래에 박힌 무언가가 빛을 반사 시키며 스스로 영롱한 빛을 뿜어내고 있었다. 지름이 5mm는 족히 되어 보이는 제법 큰 크기였다. 아마도 다이아몬드 같았다. 실내의 어느 불빛보다 반짝이고 있는 다이아몬드의 광채에 가슴이 시끄러워졌다. 숨을 한번 고르는 사이 사장의 말이 생각났다. 시계를 받은 다음의 행동요령이었다. 나는 사장의 말대로 시계를 내 팔목에 채웠다. 실내의 그 누구도 나를 신경 쓰는 사람은 없는 것 같았지만, 나는 혹시나 모를 그 누군가의 시선을 의식하며 최대한 자연스럽게 행동하려 애썼다. 시계가 담겨있던 박스와 박스를 담아왔던 더스트백을 나는 쓰레기통에 버렸다. 내 월급의 몇십 배가 넘을 수도 있는 시계를 손목에 감았지만, 무게는 느껴지지 않았다. 박스를 버리는 나를 보고 맥주를 들고 온 여자가 의아한 눈빛으로 쳐다보았다. 여자를 향해 어깨를 으쓱이며 살짝 웃어 보였다. 가슴이 무겁게 내려앉았다.

 백수인 남편은 늘 TV 앞에 자리를 깔고, 그 자리에서 벗어나지 않았다. 벌써 5년 동안 퇴근하는 나를 대하는 그의 자세는 한쪽 손을 괴고 모로 누워 있거나 벽에 등을 대고 앉아 있거나가 전부였다. 머리맡에는 과자 부스러기나 담뱃재로 늘 지저분했다. 재떨이는 담배꽁초로 넘쳤고 과자 봉지는 방 안 이곳저곳을 돌아다녔다. 벗어놓은 옷가지는 제자리를 잃어버렸으며, 싱크대 역시 설거지가 쌓여 있었다. 뚜껑 없이 아무렇게나 던져 놓은 김치 그릇에서 하루 종일 피워 올렸을 시큼한 냄새가 온 집안을 채웠다. 남편의 체취와 섞인 집안 공기는 푸르죽죽한 곰팡이 같았다. 피곤한 몸으로 돌아와 널려져 있는 집안을 보면 화가 났다. 도대체 남편은 하루종일 어떻게 방안에서만 있을 수 있는지 한심스러웠다. 씻기는 하는지 의심스럽기까지 했다. 밖으로 나갈 생각이 없는 남편을 대신해 나는 생활비를 벌어야 했다. 특별한 기술이나 경력이 없어서 이것저것 닥치는 대로 일을 했다. 마음에 드는 직장을 구하는 것은 쉽지 않았다. 몸이 편하면 돈이 적었고, 돈을 맞추자면 내 몸이 견뎌낼 수 없었다. 식당 서빙이나 주방보조, 혹은 마트의 계산원까지 내 의도와 상관없이 계속 이런저런 사정으로 직장을 옮겨야 했다. 생활은 가난했고 나는 늘 피곤했다. 어쩌다 아는 사람이 소개해 이번 오락실에 오게 된 것도 이제 겨우 두 달을 넘기고 있었다. 이번 일은 사장의 지분거림을 참아낸다면 여태껏 내가 가졌었던 많은 직장들 중 가장 마음에 드는 곳이다. 일도 편하고 시간 보내기도 지루하지 않았다. 무엇보다 여태껏 내가 가졌던 직장 중에서 보수가 가장 좋았다. 물론 일하는 시간이 길기도 하지만 시간당 따져도 좋은 조건이었다. 사실 얼마나 더 이곳에서 일을 할 수 있을지도 장담할 수 없는 일이다. 오락실이라는 곳이 나름대로 서비스업이라 손님들은 더 젊은, 아니 어쩌면 더 어리고 예쁜 여자에게 서비스받고 싶어 하는 것이 당연하기 때문이다. 올해 서른을 넘기고 있는 나에게 이제 젊다는 표현은 살짝 부담스러워지고 있는 형편이었다.

　남편과 헤어지지 못하는 것은 남편이 너무 가난하기 때문이었다. 고등학교 시절에 만난 우리는 야간자율시간에 학교를 빠져나와 PC방에서 채팅을 했다. 학원을 다닌다고 몰려다니며 즐겁기만 했다. 술을 마시기도 했고, 함께 담배를 피웠다. 각자 가족에게서 채워지지 않는 사랑을 원했기에 함께 있다는 것만으로도 든든한 기분을 가졌다. 재수학원을 다니면서 아르바이트를 했던 나의 적은 월급은 남편의 부대로 면회를 다니기에도 부족했다. 제대 후 남편은 공사현장에 나갔다. 대학을 가지 못한 나 역시 시간을 빈둥거리며 보내기 일쑤였다. 우리는 스물네 살이 되는 해에 함께 살기 시작했다. 오랜 시간 정이 들어서 그와 헤어진다는 것은 상상할 수도 없는 일이 되었다. 젊은 우리는 안정되지 않은 아르바이트를 전전하며 조금씩 벌었지만 행복하다고 느꼈다. 아이를 가져볼까 의논도 하면서 미래를 염려하기도 했다. 이렇게 가정을 꾸리며 평범하게 살면 되는거지 하고 생각했다. 나름대로 좋은 시절이었다. 적어도 남편이 사고를 당하기 전까지는.

　5년 전 남편은 현장에서 사고를 당했다. 사다리에서 떨어졌는데 갈비뼈가 골절되었다. 다행히 사다리는 높지 않아서 큰 사고는 아니라고 했다. 6개월을 집에서 보냈다. 산업재해로 인정받아 쉬는 동안 월급을 받을 수 있었다. 그럭저럭 살만했다. 젊은 남편은 쉽게 회복이 되었다. 그러나 남편은 다시는 일을 하지 않았다. 이해할 수 없는 핑계를 대며 집 밖으로 나가기를 두려워했다. 나에게는 지옥이 시작되었다.

 카지노에는 어느새 사람들이 북적거리고 있었다. 한 시간이 겨우 지났을 뿐인데 카지노는 내가 들어올 때와는 전혀 다른 모습을 하고 있었다. 비어 있던 룰렛이나 바카라 테이블에는 사람들로 채워졌고 한가했던 블랙잭 테이블에도 사람들이 가득 찼다. 포커 룸 역시 마찬가지였다. 광장 같은 공간을 채운 수많은 게임 머신들 앞에도 각자 사람들이 앉아 신명난 듯 조이스틱을 두드려대고 있었다. 어떻게 이 짧은 시간에 이 많은 사람들이 갑자기 나타난 것인지 마치 누군가 요술을 부린 것 같은 생각이 들었다. 게임 머신들이 뿜어내는 저마다의 조명과 음악이 더 화려해진 듯했다. 단상 위의 댄서들도 더욱 과장된 몸짓으로 한껏 흐느적거리며 교태를 뿌리고 있었다. 눈길 닿는 곳마다 활력이 넘쳐나고 있었다. 나는 천천히 맥주를 마시며 어느새 다른 모습을 하고 있는 카지노를 구경하고 있었다.
 헤이, 택시, 택시. 금발의 직원이 나를 향해 손짓을 했다. 손가락으로 호텔의 입구를 가리키는 것으로 봐서 내가 타야 할 택시가 도착했다는 뜻 같았다. 아마도 사장의 거래처였던 남자가 나를 위해 택시를 불렀던 모양이다. 어쩌면 사장의 부탁인지도 모르겠다. 땡큐, 땡큐. 나는 누구에게랄 것도 없이 서둘러 일어나며 그들에게 인사를 했다. 호텔 입구를 향해 부지런히 걸어 카지노를 빠져나왔다. 택시를 타고 흑인의 택시기사에게 숙소로 정해진 호텔의 이름을 불렀다. 오케이. 경쾌한 대답과 함께 택시가 출발했다. 사람들로 넘쳐나는 것은 카지노뿐만이 아니었다. 어둠이 앉은 스트립에는 모든 건물들이 뿜어내는 휘황찬란한 네온사인이 번쩍이고 있었다. 일제히 빛을 뿜어대는 온갖 모양의 호텔과 상가들 앞은 수많은 사람들로 넘쳐흘렀다. 마치 강물이 흘러가듯 많은 사람들이 어딘가로 흘러가고 있는 것 같았다. 도로 역시 복잡했다. 많은 차들의 행렬로 신호는 계속 막혀 택시는 마치 제자리에 서 있는 느낌이었다. 차창으로 흐르는 라스베이거스의 화려한 모습에 넋을 잃은 듯 바라보던 내 눈에 벨라지오호텔의 모습이 보였다. 호수에는 분수 쇼가 한창이었다. 스톱! 나는 택시기사에게 차에서 내리겠다는 뜻을 표현했다. 택시기사는 무엇인가 계속 말을 하며 난처한 표정을 지었다. 아마도 내가 가겠다고 했던 호텔이 아직 도착하지 않았다고 하는 것 같았다. 결국 택시비를 내려고 돈을 꺼내는 내 모습을 보며 택시기사가 고개를 끄덕이며 웃었다. 나는 택시에서 내려 벨라지오호텔을 향해 걸었다. 금방 갈 수 있을 것 같았던 호텔은 생각처럼 간단하지 않았다. 횡단보도가 없는 도로를 건너기 위해 지하도로 들어가면 그곳에는 또 다른 세상이 펼쳐지고 있었다. 화려한 LED조명으로 탄생한 온갖 꽃과 새들, 나비를 피해 계단을 올라서면 벨라지오호텔은 한층 멀어져 있었다. 다시 방향을 가늠해보고 지하도로 들어가면 또 다른 아름다운 조형물들과 화려한 빛들이 방향을 잃게 만들었다. 어렵게 올라온 곳은 역시나 분수 쇼가 벌어지고 있는 벨라지오호텔의 호수 앞이 아니었다. 먼 곳에서도 음악에 맞춰 이리저리 흔들리는 분수의 화려한 불빛이 보였지만, 좀 더 가까이에서 봐야겠다는 욕망이 일었다. 이러다가 분수 쇼를 놓쳐버릴 것 같은 조급함에 피곤한 다리를 끌며 다시 지하도로 들어섰다. 나는 마치 분수 쇼를 보기 위해 내가 이 도시에 온 것 같은 생각이 들었다. 좀 더 가까이 다가가서 분수 쇼를 느끼고 싶었다. 분수가 뿜어주는 물안개가 초여름 밤의 열기를 식혀줄 것 같았다. 영원히 끝나지 않을 것 같은 사막을 달려와 만난 인공의 섬 라스베이거스에는 세상의 모든 환락이 펼쳐지고 있었다. 그러나 미친 듯이 벨라지오를 향해 알 수 없는 길을 걷고 또 걸으며 나는 조금씩 벤과 세라의 슬픈 사랑에 서러워지고 있었다. 먹먹해지는 가슴을 뚫고 한줄기 눈물이 흘렀다. ✯

소리, 소리, 그 소리들

소리, 소리, 그 소리들

 문을 닫는 것도 같았고 무언가를 떨어뜨린 것도 같았다. 갑작스러운 소리에 잠을 깬 나는 들은 소리가 '꽝'이었는지 '덜컹'이었는지 구분되지 않았다. 어찌 되었건 나는 잠이 깨었고 아직 아침이 아니라는 것을 알았다. 방 안은 어두웠고 옆에서 들리는 규칙적이고 낮은 남편의 숨소리는 그가 깊은 잠에 빠져있다는 것을 의미했다. 나는 나를 깨운 소리의 정체가 무엇이었을까를 생각했다. 아마도 조심성 없이 문을 닫았거나 실수로 무언가를 떨어뜨렸을 것이라고 짐작했다. 나는 시계를 보지 않아도 지금이 새벽 1시에서 2시 사이라는 것을 알 수 있었다. 위층의 단란한 저녁 시간이 시작된 것이다.

 가슴이 두근두근 요동치기 시작했다. 이렇게 잠에서 깨어나면 결코 다시 잠을 이룰 수 없다는 것을 알고 있다. 머리도 아파 왔다. 누군가 내 머리에 무언가를 두르고 힘껏 잡아당겼다가 다시 놓기를 실험하고 있는 것 같았다. 머리의 혈관이 조였다 풀어지기를 반복하면서 욱신욱신 통증이 시작되었다. 가슴이 두근거리더니 답답해졌다. 목을 옥죄고 있는 무엇 때문에 숨 쉬는 것이 힘들었다. 나는 고개를 왼편으로 돌리며 어깨를 들썩였다. 팔꿈치를 세우고 팔의 힘으로 어깨를 들었다. 욱신거리는 머리를 간신히 받쳐 든 어깨가 힘겹게 올라왔다. 엉덩이를 당겨 침대의 머리판을 기대고 앉았지만, 가슴의 답답함은 여전했다. 두통도 여전했다. 어두운 방 안에 앉아 나는 한 손은 이마를 짚고, 한 손은 가슴을 토닥이고 있었다. 다다다다. 거실을 가로질러 단숨에 달려가는 작은 아이의 발자국 소리였다. 아직 잠들지 않은 위층의 아이는 이제 퇴근해온 아빠의 품을 향해 거침없이 달려가고 있었다. 쿵쿵 묵직한 발소리가 두어 번 나더니 다다다다 아이의 발소리가 사라졌다. 위층의 남자가 서둘러 제 아이를 안아 올렸을 것이다. 아마도 아래층의 우리를 의식해서 얼른 아이의 달리기를 세웠을 테지만 이미 한참 전에 내가 깨어난 것은 모를 것이다. 천둥처럼 울려대고 있는 위층의 발자국 소리에 나는 한숨을 쉬었다. 아, 미치겠다.

윗집이 이사를 온 것은 지난 가을이었다. 엘리베이터

에 내부 수리를 한다는 공지가 붙었다. 지은 지 10년이 넘은 아파트는 이제 누군가 이사를 오게 되면 어느 정도 수리를 하고 들어오는 것이 당연하게 되었다. 보통 도배를 하거나 욕실의 욕조를 떼어내는 정도는 작은 공사였고 집 안 전체의 바닥과 주방의 싱크대까지 바꾸는 큰 공사는 한 달 정도까지 걸리기도 했다. 공사업체는 엘리베이터에 안내장을 붙여 몇 층의 몇 호 인지와 공사 기간을 알리는 것으로 주민들에게 양해를 구했다. 한 층에 두 개의 가구가 있지만 20층까지의 고층이라서 계절이 바뀔 때면 엘리베이터에 내부 수리를 안내하는 공지가 두세 개씩 붙었다. 지난 가을에도 엘리베이터에 붙은 A4용지의 내부 수리 안내장이 두 개였다. 무심코 안내장을 보던 나는 위층의 주인이 바뀌었다는 것을 알았다. 1102호는 우리 집의 바로 윗집이었다. 아파트 분양 때부터 이 집에 살았어도 위층의 사람들과 특별한 왕래가 없었다는 것을 새삼 깨달았다. 서로 엘리베이터에서 마주쳤을 테지만 그저 고개를 숙이는 정도의 가벼운 인사만을 주고받았을 뿐 어느 집에 살고 있는지 특별히 알려고 하지 않았기 때문이다. 나는 무심히 인사를 주고받은 사람들 중 누가 이사 간 1102호의 사람들이었을까 잠깐 생각했다. 친정 부모님 정도의 어르신 부부가 살았던 것 같기도 했고 신혼부부가 살았었던 것 같기도 했다. 아니면 우리 아이 또

래의 중고등학교나 혹은 대학생의 자녀를 가진 우리 부부와 비슷한 나이의 가족이었던 것도 같았다. 그들은 내게 이사를 새로 왔다거나 이사를 가게 되었다는 인사말 정도도 나누지 않는 남이었다. 어찌 되었건 위층에 누가 살아도 내게는 별로 중요한 일이 아니었다. 아파트살이가 뭐 다 그런 것 아니겠는가. 나는 별생각 없이 엘리베이터에 붙은 공사 안내장을 그저 보았을 뿐이었다.

외출에서 돌아오는 길, 공동현관을 들어서는데 1층의 엘리베이터가 닫히고 있는 것이 보였다. 같이 가요. 놓치면 한참을 기다려야 한다는 조바심에 다급하게 소리쳤다. 닫히려던 엘리베이터의 문이 다시 열리고 간신히 엘리베이터에 탈 수 있었다. 감사합니다. 인사하며 들어선 엘리베이터엔 젊은 여자가 들어서는 나를 바라보고 있었다. 단발의 생머리를 뒤에서 하나로 묶고 흰색 티셔츠에 통이 넓은 청바지를 입은 수수한 차림이었다. 슬쩍 훑어본 여자의 이미지는 나보다 한참 젊어 보였다. 30대의 초 혹은 중반으로 생각되었다. 여자의 집게손가락이 엘리베이터의 열림 버튼을 누르고 있었다. 내가 들어서자 여자는 버튼에서 손을 떼고 한 걸음 뒤로 물러섰다. 내게 층수 버튼을 누르라는 배려였다. 나는 숫자 10이 새겨진 버튼을 누르며 이미 11의 숫자 버튼에 불이 켜져 있는 것을 보았다. 여자는 낯선 얼굴이었다. 한 동의 사람들을 전부 아는 것은 아니지만 그래도 10년을 들락거리며 여러 번 마주치다 보면 대게는 낯익은 얼굴들인 것이다. 나는 지난달에 엘리베이터에 붙어있던 내부 수리 안내장을 기억했다. 내가 사는 집의 바로 위층이었기에 바로 생각이 났다. 가을이 한 달 물러나 있었다.

안녕하세요, 지난주에 새로 이사 왔어요. 여자가 먼저 말을 걸어왔다. 조용하고 나직한 말투는 평범했다. 특별히 지방색이 느껴지는 사투리의 억양은 없었다. 나는 처음 보는 사람과 말을 하는 것을 썩 어색해하는 편인데, 하필 지금은 엘리베이터에 낯선 여자와 나, 둘뿐이었다. 아, 네. 멋쩍은 나는 다음 말을 어떻게 받아야 할지 어색했다. 10층에 사시나 봐요. 여자는 붙임성이 좋은 성격인 것 같았다. 먼저 말을 붙이며 살갑게 웃음도 짓고 있었다. 아, 네. 나 역시 여자의 편안한 분위기에 미소를 띠며 여자를 보았다. 저희가 11층인데 잘 부탁드릴께요. 저희 집에 돌쟁이 아들이 있는데 걷지를 않아요. 나는 여자의 얼굴을 보았다. 돌이 지났는데 걷지를 않으면 장애라는 것인가. 당황한 나는 위로의 말을 어떻게 건네야 할지 생각하며 여자의 안색을 살폈다. 마침 그때 10층에 도착한 엘리베이터의 문이 열렸다. 위로의 말을 건네지 않아도 된다는 생각에 나는 다행이라고 여기며 엘리베이터에서 내렸다. 희미

한 미소를 짓고 여자에게 가볍게 고개를 숙였다. 우리 집을 향해 걷는 내게 여자가 닫히는 엘리베이터의 문을 붙잡은 채 나에게 소리쳤다. 아이가 계속 뛰어다니기만 해서요. 소란스럽겠지만, 이해 좀 해 주세요. 놀란 내가 뒤돌아서며 여자를 보자 여자는 내게 살짝 고개를 숙이며 인사를 했다. 다시 엘리베이터의 문이 닫히며 여자는 사라졌다.

  아이는 정말 걷지를 않았다. 뛰어다니기만 했다. 하루 종일 머리 위에서 다다다다 아이가 뛰어다니는 발자국 소리가 들렸다. 아이의 위치에 따라 멀리서 들리기도 했고, 바로 내 머리맡에서 들리기도 했다. 스테레오 음향 기기처럼 끊임없이 돌아다니며 다다다다 소리를 냈다. 그것뿐만이 아니었다. 아이는 무언가를 던지기도 했다. 그것이 장난감을 던지는 것인지 식탁에서 수저를 떨어뜨리는 것인지 알 수는 없지만 무엇인가가 바닥에 떨어지는 듯한 쿵쿵 소리도 계속 들려왔다. 역시 그것만이 아니었다. 드르륵, 드륵 하는 정체를 알 수 없는 소리도 들렸다. 아마도 장난감을 끌고 다니거나 혹은 의자를 밀고 당기는 것이라고 짐작했다. 뿐이겠는가. 가끔 문이 닫히는 듯한 꽝 소리는 유난히 커서 내 심장이 덜컥 떨어져 버리는 것이 아닌가 깜짝 놀라곤 했다. 어떻게 2살의 남자아이 하나가 이렇게 다양한 생활의 소음을 낼 수 있는지 신기할 지경이었다. 아이는 낮잠을 자는 것 같지도 않았다. 하루의 전부를 끊임없이 움직이며 소리를 냈다.

　아이가 내는 소음이 내게 문제가 되는 것은 시간이었다. 보통 아이가 움직이는 시간과 내가 휴식하는 시간이 서로 맞물려 있는 것이다. 나는 아침에 일어나 남편과 딸을 깨우고 아침을 준비하고 식사를 한다. 남편은 출근을 하고 고등학생인 딸도 서둘러 학교를 간다. 나도 아침 일정을 위해 집을 나선다. 요일에 따라 오전동안 나는 수영을 하고 영어 수업을 듣고 가끔 한의원에서 침을 맞는다. 그리고 집에 들어와 휴식을 갖는다. 때때로 모임이 있어 점심 식사를 하고 올 때도 있지만 대게는 집에서 쉬는 것을 좋아한다. 내가 돌아와 휴식을 갖는 그 시간 즈음해서 위층의 아이는 하루가 시작되는 것 같았다. 그렇게 시작되는 온갖 소음 때문에 나는 휴식시간을 빼앗겼다. 다다다다 뛰어다니는 아이의 발자국 소리에 내 심장도 같이 다다다다 뛰었다. 드륵, 드르륵 무언가를 끌고 다니면 심장도 같이 드르륵 울렁였다. 꽝 하고 문이 닫히거나 쿵 하며 무엇인가 떨어지면 내 심장 역시 쿵 하고, 꽝 하며 덜컥거렸다. 아이가 깨어 있는 한 불안한 심장은 조금도 쉴 수 없었다.

　태어나면서부터 유난히 체력이 약한 나는 하루를 쪼개어 휴식을 가져야 했다. 그러나 윗집이 이사를 오면서부터 위층의 소음 때문에 편안하게 쉬는 것은 거의 불가능했다. 예민한 내 신경세포들은 여러 가지 증상으로 나를 힘들게 했다. 조그마한 소리에도 가슴이 벌렁거려 불안해지기 일쑤였다. 머리가 지끈지끈 편두통에 시달리다가 빈혈처럼 어지럼증이 왔다. 어쩔 수 없이 나는 일정을 바꾸기로 했다. 아이가 늦잠을 자는 오전을 이용해서 나도 휴식시간을 변경했다. 아침에 일어나 남편과 딸을 깨우고 아침을 준비하고 식사를 했다. 남편과 딸이 직장과 학교로 출발을 하면 나는 안방으로 들어가 다시 늦잠을 잤다. 점심 무렵 아이가 깨어나 소음을 울려대기 시작하면 나는 외출을 했다. 요일에 따라 변경된 시간의 수영을 하고 영어 수업을 듣고 한의원을 갔다. 가끔은 모임에 참석해 친구들과 수다를 떨고 마트를 들러 장을 보고 집으로 돌아와 저녁준비를 했다. 저녁 시간에는 TV를 봤다. 위층에서는 여전히 소음이 들려왔지만 나 역시 저녁 준비로 바쁘거나 TV를 볼 때라 크게 신경 쓰이지 않았다. 여전히 문을 닫거나 무엇인가 떨어지는 유난히 큰 소리가 들려올 때면 같이 심장이 덜컥거렸지만 곧 진정하려 애썼다. 그러나 무언가 부당하고 억울한 점이 있다고 느껴지는 것은 어쩔 수 없었다. 가끔은 주체하기 힘든 화가 치밀어 올랐다.

  여전히 가장 큰 문제는 새벽이었다. 아이는 저녁 무

렵 잠깐 조용했다. 그 무렵이면 나도 잠이 들 시간이었다. 그러나 새벽이면 아이가 내는 온갖 소리들은 다시 살아났다. 부산하게 움직이는 아이의 발자국에 따라 다다다다 거리고 드륵 거리고 쿵 하고 꽝 했다. 그것은 꼭 새벽 1시부터 시작되었다. 알고 보니 아이의 아버지가 그 시간에 집에 온다는 것이었다. 위층의 남자는 마트를 운영한다고 했다. 그러니까 마트의 영업시간이 11시에 끝나면 정산하고 정리하고 집으로 돌아오는 시간이 새벽 1시라는 것이다. 아이는 저녁에 잠깐 잠이 들었다가 아빠가 집으로 돌아오면 아빠와 놀기 위해 그 시간에 다시 깨어나 집안을 돌아다니는 것이다.

나는 경비실에 연락했다. 새벽 1시가 넘어서 층간소음 때문에 잠을 이룰 수가 없다고 경비아저씨에게 하소연했다. 그러면 위층에서는 아이를 업었는지 안았는지 아이의 발자국 소리가 들리지 않았다. 쿵이나 꽝 소리는 가끔 들리기도 했지만 그렇다고 또 경비실에 연락할 수는 없었다. 소리는 매일 반복되며 도대체 멈출 기미가 보이지 않았다. 거의 매일을 나는 경비실에 도움을 청했다. 그렇게 깬 새벽이면 다시 잠이 들기 쉽지 않았다. 어둠 속에서 눈을 감고는 있지만 여전히 위층에서 나는 소리에 귀 기울이고 있었다. 심장은 같이 두근거리고 편두통이 시작되었다. 침대 밑으로 꺼져버릴 것 같은 어지러움에 멀미가 났다. 한 번 뒤척일 때마다 끄응 신음소리가 저절로 나왔다. 쉬 잠이 들지 못하는 예민한 내 성격을 한탄하며 힘들게 아침을 맞았다. 겨울의 늦은 해가 아침을 겨우 밝히는 시간에 나는 퀭한 얼굴로 자리에서 일어났다. 이렇게는 못 살겠다. 나는 남편에게 들리도록 혼잣말을 했다.

  내가 어둠 속에서 침대 머리판에 기대어 앉아 욱신욱신 조여 오는 두통에 시늠하고 있을 때 조심스럽게 안방 문이 열렸다. 희미한 빛을 등진 실루엣이 천천히 나를 향해 다가왔다. 딸이었다. 나는 얼른 몸을 일으켜 다가오는 딸의 손을 잡았다. 엄마도 깨어 있었어? 아빠의 잠을 방해할까 조심하는 딸의 작은 목소리가 들렸다. 가까이 다가온 딸의 얼굴이 어둠 속에서 희붐하게 드러났다. 왜? 무슨 일이야? 불안한 심정으로 작게 물었다. 목이 잠겨 허스키한 목소리가 목울대를 울렸다. 엄마, 윗집 땜에 잠을 못 자겠어. 너무 시끄러워. 딸은 곧 울어버릴 것 같았다. 느닷없이 깊은 잠에서 깨어 다시 잠 못 드는 고통을 견디다 오죽하면 내게로 왔을까. 나는 다시 위층에서 나는 소리에 귀를 기울여보았다. 무엇을 하는지 알 수 없지만 드륵 거리는 소리와 어른들의 발소리임이 틀림없는 쿵 쿵 소리가 여전히 들렸다. 저 사람들은 정말 양심이 없구나. 나는 조심성 없는 위층의 부부를 탓하며 가만가만 침대에서 내려왔

소리, 소리, 그 소리들

다. 남편이 누운 쪽을 힐끗 보니 남편은 여전히 깊은 잠에 있는 것 같았다. 딸의 손을 잡고 나와 안방 문을 닫았다.

거실에서도 여전히 들리는 위층의 소음은 어두운 거실을 조용히 들썩이고 있었다. 낮이었다면 생활의 여러 잡다한 소리에 묻혔을 작은 소리였다. 그러나 깊은 밤 사방이 조용한 이 시간에는 제 존재를 드러내는 형체가 분명한 소리들이었다. 내가 거실에 서서 위층에서 나는 소리에 이마를 찌푸리고 서 있자 딸이 내 손을 잡았다. 딸은 거실 맞은편에 있는 자신의 방으로 나를 끌었다. 엄마, 이 소리가 문제가 아니야. 내 방에서는 다른 소리가 있어. 딸의 방에 도착했을 때, 나는 딸이 왜 잠에서 깨었고 다시 잠이 들 수 없었는지 금방 알 수 있었다.

고등학생인 딸은 아침 일찍부터 깨어 늦은 저녁까지 공부에 시달렸다. 학교와 학원까지 왔다 갔다 하는 육체적 피곤에 시험과 입시에 대한 스트레스의 정신적 피곤까지 말할 수 없이 고단한 아이였다. 12시경 하루 종일 시달리던 공부에서 한숨 놓으며 잠이 들면 딸은 바로 잠으로 떨어졌다. 딸애의 표현대로 시체가 되어 버리는 것이다. 위층의 소음에 내가 잠 못 들어 괴로워하는 것을 딸은 이해하지 못했다. 딸은 내게 낮시간 동안 내 몸을 혹사 하라고 조언을 했다. 자신의 경험을 늘어놓고 몸이 피곤하면 위층의 소음과는 상관없이 깊은 잠이 들 수 있다는 논리였지만 내게는 상관없는 조언이었다. 몸이 피곤할수록 더욱 예민해진 내 신경은 위층의 소음에 오히려 더욱 신경질적으로 반응했다. 소리는 온몸의 신경을 긁어서 오히려 잠을 더 설치게 만들었다. 몸이 받아들이는 고통의 강도가 더 높아졌다.

처음 딸이 말해준 의견에 박수를 치던 남편은 뭔가 잘못되었음을 알게 되었다. 누구나 같은 방법이 통하는 것은 아니라고 딸과 마주 보며 걱정했다. 위층의 주인이 바뀐 날로 두 달의 시간을 지나면서 나는 누가 보아도 환자라고 말할 얼굴색이 되었다. 퀭한 두 눈에 짙은 다크써클은 몹시 피곤한 상태라고 외치고 있었다. 평소에도 말라 보인다는 체중은 날이 갈수록 더욱 줄어 야윈 어깨가 그대로 드러났다. 위층의 소리와 씨름하는 동안 가을은 성급하게 떠나버렸다. 내 어깨만큼이나 앙상한 가로수들이 추위에 계절을 견디고 있었다. 따뜻한 봄날은 영원히 오지 않을 것 같았다.

나는 항상 추웠다. 집을 나서며 과하게 옷을 챙겨 입었고, 늘 추위에 몸을 떨었다. 그렇게 계절보다 차가운 가슴을 안고 나는 다양한 종목의 병원을 다니고 있었다. 일반 내과는 물론이고 전문 심장내과에서도 치료를 받아야 했다. 온몸의 관절마다 통증을 느껴 정형외

과에서 해보겠다는 모든 검사를 했다. 땅으로 꺼질 것 같은 어지럼증은 급기야 정신과의 문을 두드리게 되었다. 할 수 있는 모든 검사와 치료를 했지만 전문의들은 전부 내가 아픈 이유를 알 수 없다고 말했다. 불면의 밤이 어쩌면 갱년기의 시기와 맞물려 더 힘들게 느껴질 수 있다는 말을 추가로 하기는 했다. 그들은 고작 수면제를 처방해 줄 수 있을 뿐이었다. 뚜렷하게 나아지는 것도 없이 시간과 치료비만 헛되이 쓰고 있는 것 같아 몹시 화가 났다. 잠들지 못하는 밤을 보내며 나는 가슴 깊숙이 화가 똬리를 틀고 앉는 것을 느꼈다. 그 화는 가끔 예고 없이 화끈거리며 얼굴로 치솟아 나를 괴롭히는 것이다. 그것은 화병이 분명하다고 나는 단정했다.

 남편의 말대로 어쩌면 내가 문제인지도 모른다. 어쩌면 다른 사람들에게는 대수롭지 않은 소음일지도 모른다. 일반적인 남편처럼. 그러나 내 집에서 같은 안방의 자리에서 살아온 10년 동안 특별히 문제가 없었던 층간소음이었다. 단지 윗집이 이사 오면서부터 발생한 문제라면 윗집의 생활 소음이 문제인 것은 분명한 것이다. 낮시간까지 어떻게 해달라는 것은 아니다. 그러나 밤에는 잠을 잘 수 있어야 할 것 아니겠는가. 답답한 마음에 나는 거의 울다시피 경비실 인터폰에 대고 수없이 호소했었다. 윗집은 날마다 인터폰으로 조용히

해 달라는 부탁을 받았을 텐데 왜 아무런 조치도 하지 않는 것인지 도저히 이해할 수 없었다. 날마다 전쟁이었다.

참다못한 남편이 나섰다. 여기저기 알아보고 조언을 구하는 것 같더니 무엇인가 조치를 했다고 했다. 알아보니 층간소음 갈등이 공동주택에서 계속 문제가 되니 나라에서 나서서 중재 역할의 기관을 하나 만들었다는 것이다. 국가 소음 정보시스템으로 '층간소음이웃사이센터'라고 환경부에서 주관하는 곳이었다. 무엇을 어떻게 해 줄 수 있는지는 모르지만 일단 그들의 컨설팅을 받아보기로 했다. 그들의 중재가 나에게 도움이 될 수 있기만을 바랄 뿐이었다.

우리 집의 사연을 접수했다고 남편이 말한 것도 벌써 3개월이 지나고 있었다. 그런데 그들에게서는 어떤 연락도 없었다. 다시 사이트에 들어가 확인을 하면 신청한 순서대로 일을 처리한다고 하니 그저 기다리는 수밖에 다른 방법이 없었다. 우리나라에 층간소음으로 불편을 겪는 사람이 그토록 많다는 것이다. 나는 물에 빠진 사람이 되어 한낱 지푸라기가 될지도 모르는 그들에게 마지막 희망을 걸고 있었다.

딸의 방에 도착했을 때 나는 여태까지와는 다른 형태의 소리를 들었다. 웅얼웅얼 아이의 울음소리였다. 아이는 분명한 말소리의 형태가 아닌 특정한 운율로 징징거리며 울고 있었다. 간간히 엄마와 아빠를 부르기도 했다. 이렇게 늦은 밤에 아이가 우는 소리를 들은 것은 처음이었다. 낮시간과 달리 늦은 밤에 아이가 운다는 것은 아프다는 것이다. 나는 아이의 울음소리가 내가 그토록 화가 나는 층간소음이라는 것도 잊은 채 아이의 건강이 걱정되었다. 그러나 곧 아이의 울음소리가 다가 아니라는 것을 알 수 있었다. 아이 엄마의 신경질적인 소리가 그것이었다. 아이 엄마는 울고 있는 아이에게 계속 소리를 지르고 있었다. 조용히 해, 울지 마. 신경질적이고 쇠된 목소리가 깊은 밤을 휘젓고 있었다. 아이의 울음소리는 어리광을 부리거나 떼를 쓰는 것이 아니었다. 아이의 힘없이 징징거리는 울음소리로 봐서 잠투정인 것 같았다. 혹은 지쳐있는지도 모른다. 그러나 아이 엄마의 소리는 우악스럽게 돌기가 솟아 있었다. 나는 내가 들은 지금의 소리의 당사자가 언젠가 엘리베이터에서 내게 인사를 건넸던 그 여자가 맞는지 의심되었다. 나직하고 상냥했던 여자의 목소리는 그 어디에도 없었다. 아이의 울음소리는 아이 엄마의 신경질에 묻혀 거의 들리지 않을 정도였다. 그러나 여자의 쇠된 고음은 한밤중을 위협하기에 충분했다. 나는 여자가 무언가 스트레스를 받고 있다고 느꼈다. 어찌 되었건 나는 딸의 방에 그대로 전달되는 여자의 신경질에 화가 났다. 이것은 말 그대로 폭력이었다. 여자의 몰상식한 태도는 물론이고 이 시간에 아이를 울리고 있다는 자체가 이해할 수 없는 일이었다.

 나는 인터폰을 들었다. 잠시 후 경비아저씨의 목소리가 들렸다. 아, 사모님. 위층에 또 문제가 있나요? 워낙 여러 번 걸었던 인터폰이라 경비아저씨도 우리 집의 호수와 문제를 알고 있다는 뜻이었다. 목소리가 잠긴 것으로 봐서 잠을 자다가 받았거나 졸았던 모양이다. 네, 아저씨. 위층에서 아이와 아이 엄마가 너무 시끄럽게 해서요. 저랑 우리 애가 잠이 깼는데 도저히 잠이 들 수가 없거든요. 나는 아저씨가 빨리 이 사건을 해결해주길 원했다. 역시 또 그렇군요. 많이 불편하시죠? 그런데요, 사모님. 그 집에 제가 연락을 해도 인터폰을 받지 않더라구요. 제가 한번 올라가서 알아보도록 하겠습니다. 아저씨는 다급하게 전화를 끊으려 했다. 잠깐만요, 아저씨. 위층에서 인터폰을 안 받는다구요? 왜요? 당황한 내가 허겁지겁 물었다. 아저씨는 잠깐 아무 말이 없더니 허, 허 사람 좋은 웃음소리를 냈다. 뭐, 맨날 똑같은 얘기니까 귀찮은게죠. 아이고, 지난번엔 아이도 키워본 사람이 이것 하나 못 참아 주냐 되려 우리에게 따졌답니다. 아무튼 지금은 제가 올라가서 말씀드려 볼께요. 불편하시겠지만 조금만 기다려 주세요. 경비아저씨는 어느새 졸음이 가신 목소리로 몇 번 웃더니 서둘러 인터폰을 끊었다.

  지난번이면 언제였을까. 나는 경비아저씨가 말한 그때가 언제였을까를 생각하며 천천히 돌아섰다. 남편이 '층간소음이웃사이센터'에 컨설팅을 접수했다고 했을 때부터 나는 위층의 소음을 그냥 견디고 있었다. 그렇게 한밤중에 경비실을 불러 위층의 소음을 호소했던 것도 한참 전이었다. 그런데 적반하장이라더니, 아이 키워본 사람이 이거를 못 참아 주냐고? 나는 여자의 행태가 괘씸했다. 자신들이 내는 소음에 내가 얼마나 고통을 받는지 알지도 못하면서 그따위의 소리를 했다는 것에 화가 오르기 시작했다. 내가 얼마나 여러 종목의 병원을 다녀야 하는지 약봉지를 들고 가 여자의 얼굴에 흩뿌려주고 싶었다. 화가 오르자 머리가 지끈거리기 시작했다. 가슴이 두근두근 다시 울렁였다. 멀미가 시작되고 헛구역질이 나왔다. 얼굴이 화끈거리며 온몸에 열이 나는 것을 느낄 수 있었다. 딸이 내 손을 잡았다. 엄마, 진정해봐. 딸이 걱정스러운 눈빛으로 나를 보며 조그맣게 말했다. 염려하는 딸의 목소리에 가슴이 조금씩 진정되고 있었다. 나는 딸이 잡은 손을 고쳐 다시 잡았다. 그래. 릴렉스. 나는 천천히 걸어 딸의 침대에 걸터앉았다. 위층에서는 여전히 여자의 고함소리가 들려왔다. 아이의 울음소리도 계속 낮게 깔린 채 여자의 신경질적인 목소리를 받쳐주고 있었다. 그래도 나는 천천히 숨을 고르며 내 안의 화를 가라앉히려 애썼다. 조금씩 마음이 편해졌다. 두통도 가라앉는 것 같았다.

잠시 후 경비아저씨가 도착했는지 위층의 초인종 소리가 났다. 덜컹 문 열리는 소리가 뒤이어 들렸다. 아이도 울음을 멈추고 여자도 아무 소리가 없었다. 아저씨가 내가 인터폰으로 호소한 얘기를 전해 주었을 것이다. 이렇게 밤이 지나가면 좋겠다. 무심히 바라본 벽시계는 두 시를 넘어가고 있었다. 나는 딸의 침대에서 천천히 일어났다. 얼른 자렴. 내일 피곤하겠다, 우리 딸. 딸의 방을 나서고 있을 때 위층에서 다시 소리가 들렸다. 여자가 현관문도 열어 둔 채 경비아저씨에게 소리를 질러대는 것이었다. 여자의 소리는 밤의 정적을 깨기에 충분했다. 또렷하게 들리는 신경질적인 목소리에는 온갖 짜증이 뒤섞여 있었다. 아이를 안 키워 본 것도 아니고, 아이들이 다 그렇지. 이 정도를 못 참으면 어쩌라구요. 발악을 하는 듯한 여자의 소리는 온 아파트를 흔들어대고 있었다. 여자는 경비아저씨에게 말하는 것이 아니라 나를 부르는 것이었다. 다시 얼굴로 열이 확 오르는 것이 느껴졌다. 미쳤구나, 이 여자. 미쳐버릴 사람은 난데, 왜 지가 지랄이야. 벌게진 얼굴로 나도 모르게 욕이 나왔다.

나는 딸의 방을 서둘러 나섰다. 화장실 앞을 지나며

소리, 소리, 그 소리들

현관으로 급하게 걸었다. 딸이 깜짝 놀라며 후다닥 뒤따라왔다. 현관문을 열자 여자의 고함소리가 그대로 귀에 박히듯 쏟아져 왔다. 이미 여자가 있는 집의 맞은편 집에서도 문을 열고 사람이 나와 있었다. 여자는 아마도 이 아파트의 모두를 깨워버릴 심산인 모양이다. 당황한 경비아저씨가 여자를 달랬다. 사모님, 사모님, 진정하세요. 그러나 여자는 경비아저씨의 말 같은 건 전혀 들리지 않는 모양이었다. 나는 여자를 향해 계단을 올랐다. 계단을 오르는 나를 보자 여자의 악다구니는 한층 높아졌다. 아이가 아프다고 우는 걸 내가 어쩌라구요. 아이가 아픈데 울지도 못해요? 아이들은 아프기도 하잖아요. 아프다고 우는 걸 나더러 어쩌라구요. 여자는 나를 향해 덤빌 듯이 소리를 쳤다.

내가 계단을 다 오르자 당황한 경비아저씨가 내 앞으로 섰다. 여자의 악다구니에 무언가 일이 생길까 염려하는 것 같았다. 딸도 내 뒤에서 계단을 다 오르지 못하고 난간을 잡은 채 긴장하고 서 있었다. 여자는 무척 흥분되어 있었다. 여차하면 내 멱살이라도 잡을 기세였다. 여자와 나 사이에 선 경비아저씨는 어쩔 줄을 모르며 여자를 진정시켜보려고 여자의 손을 잡고 있었다. 여자는 계속 같은 말을 반복하며 내게 소리치는 것을 멈추지 않았다. 나는 여자를 노려봤다. 피곤했다. 여전히 여자를 진정시키려는 경비아저씨의 노력 덕분인지 여자가 잠깐 소리 지르는 것을 멈췄다. 나는 여자에게 한 발 다가섰다. 딸이 나를 향해 계단을 올라섰다. 이봐요, 애기 엄마. 여자가 나를 보았다. 아이들은 당연히 아프면서 커요. 아이가 어디가 불편한지, 왜 아픈건지 안아주고 만져주고 병원을 데려가야지 이렇게 울지 말라고 소리 소리만 지르면 아이가 나아요? 도대체 이 한밤중에 뭐 하자는 거에요? 아이고 그럼요, 그럼요. 의미 없는 경비아저씨의 추임새만 들릴 뿐 여자는 더 이상 떠들지 않았다. 어느 틈에 나왔는지 여자의 남편이 여자의 손을 잡아끌었다. 아이까지 안아 든 아이의 아빠는 여자에게 어서 들어오라고 나직하게 얘기하고 있었다. 그러면서 경비아저씨와 나에게 여러 번 고개를 숙이며 죄송하다고 읊조렸다. 경비아저씨가 여자의 등을 슬금슬금 밀었다. 여자는 물끄러미 나를 보더니 그냥 고개를 돌렸다. 그리고 남편의 손에 이끌려 천천히 현관 안으로 사라졌다. 경비아저씨가 1102호의 현관문을 조용히 닫았다. 앞집의 여자도 내게 가볍게 고개를 숙여 인사를 하더니 현관문을 닫고 들어가버렸다. 딸이 내 손을 잡았다. 아저씨, 수고하셨어요. 나는 딸의 손에 이끌려 계단을 내려오며 경비아저씨에게 인사를 했다.

폭풍우가 한차례 휩쓸고 지난 것 같은 기분이었다. 여전히 얼굴은 화끈거리고 가슴은 답답하고 두근거렸다. 계단을 내려오는데 내 안의 화가 여전히 불씨로 남아있음을 느꼈다. 나도 여자처럼 악다구니를 피며 소리소리 질러 볼 걸 하는 후회가 올라왔다. 그랬다면 가슴이 좀 시원해졌을까 의문이 들었다. 그랬다면 늘 무엇인가 체한 것 같은 답답함이 풀렸을까, 아쉬움이 남았다. 집으로 들어서니 남편이 거실에 서 있었다. 이 정도가 일반인 정도인 남편도 깨우는 소음이구나 생각이 들었다. 남편이 다가오더니 내 손을 잡아끌었다. 딸이 나를 잡은 손을 놓고 제 방으로 들어갔다. 딸에게서 남편에게로 마치 물건처럼 넘겨지는 느낌이었다. 내년 봄에 이사 가자. 지금 짓고 있는 거 맨 꼭대기 층으로 가자. 남편은 상가를 지어서 분양하는 건설업을 하는 사람이다. 나는 남편의 말에 비로소 숨이 쉬어지는 것 같았다. 그래. 여태 살았는데 버텨 보는 거야. 기한이 정해진 고통이라면 어쩐지 잘 견뎌 낼 수 있을 것 같았다. 나는 어느새 봄이 그리워졌다.

간밤의 해프닝을 알기라도 한 듯 '층간소음이웃사이센터'에서 연락이 왔다. 오늘 방문한다는 것이었다. 나는 그들이 반가웠다. 드라마처럼 근사하게 무언가 해결책을 줄 것이라고 기대했다. 그들은 약속한 시간인 10시에서 30분을 넘기고서야 우리 집 문을 두드렸다. 센터 사람 두 명이 아파트 관리소장과 함께 들어왔다.

그들은 아무것도 들지 않고 서류봉투 같은 것 하나만 달랑 들고 왔다. 나는 그들이 빈손이라는 것에 놀랐다. 소음측정기 같은 기계 하나쯤은 갖고 나타날 것이라고 막연히 생각했기 때문이다. 그들은 관리소장에게 이미 우리 집과 윗집의 내용을 확인했다. 센터에 접수했던 내용을 아파트 관리소장도 알고 있는지를 먼저 파악하는 것이 순서라고 말했다. 아무것도 해결해주지 못하는 관리소에서 내용을 알고 있거나 모르고 있거나가 무슨 상관일까 나는 생각했다. 센터 사람이 나를 보며 웃었다. 나도 괜히 멋쩍어서 웃었다. 그들은 나에게 윗집에 대한 얘기를 해보라고 했다. 나는 아이가 뛰어다니는 것도 문제지만 의자를 끌고 물건을 떨어뜨리고, 문을 힘껏 여닫고 쿵쿵 소리를 내며 걷는 위층 부부의 조심성 없는 행동이 문제라고 했다. 남자는 내 말을 가만히 듣고 있었다. 무언가 심각한 표정으로 신중하게 생각하는 듯 가끔 뭔가를 노트에 적기도 했다. 나는 다시 더욱 큰 문제는 새벽 1시에 그들은 마치 초저녁처럼 행동한다는 것이라고 덧붙였다. 이 말을 하는데 나는 가슴에서 무엇인가 울컥 솟구치는 것을 느꼈다. 얼굴이 화끈 달아올랐다. 내가 내 집에서 이토록 고통스러워야 한다는 것이 너무 서럽다고 말했다. 나는 내가 다닌 병원에서 처방받은 갖가지의 약봉투를 그들에게 내밀었다. 그들은 놀라는 표정을 지었다. 나는 그들이 내가 느끼는 고통을 이해한다고 생각했다. 내가 말하는 것을 조용히 듣고 내 말에 공감한다는 표정을 짓고 있었기 때문이다. 한편, 나는 내가 이렇게 떠드는 적이 전에도 있었다는 기시감이 들었다. 그때도 가슴에 울컥하는 서러움을 한참 토해냈다고 생각했는데… 나는 곧 그것이 신경정신과에서 있었던 일임을 기억했다. 나는 이들이 왜 기계장치 하나도 없이 내게 왔는가를 알아챘다. 이들의 역할은 그저 나를 위로하는 정도인 것이다. 이들은 역시 지푸라기 정도의 탄성밖에 없었다.

  한참의 넋두리를 그들은 끈기 있게 들었다. 커피 한 잔을 더 청하면서 조금도 지루한 표정을 짓지 않았다. 나는 그들의 성실한 태도에 놀라면서 내가 조금씩 위로받고 있음을 느꼈다. 한참을 내 고통에 대해서 쏟아냈다가 슬그머니 위층의 여자가 걱정이 된다는 말이 나왔던 것이다. 어쩌면 여자도 나처럼 층간소음에 대해 고통받고 있는지도 모른다는 생각이 들었다고 했다. 어쩔 수 없이 배어버린 생활습관인데 걷는 것에, 문 닫는 것에, 혹은 기타 등등에 매번 제약을 받는다면 그것도 여간한 스트레스일 것이라는 말까지 나도 모르게 나왔다. 나는 이 말을 하면서 내가 언제 이런 생각까지 했는지 의아했다. 그러나 그들에게는 전혀 티를 내지 않고 오래전부터 이런 생각을 하고 있었던 것처럼 말했다. 어쩌면 내가 하필이면 갱년기를 함께 겪어 내는 것처럼 위층의 여자는 산후우울증을 함께 겪고 있는 것은 아닌지 잠깐 생각이 떠올랐다. 그러나 그 말까지 그들에게 하지는 않았다.

내가 할 말을 다 한 것처럼 점점 말의 사이가 길어질 때, 상냥한 그들은 이제 일어나겠다고 말했다. 위층에 가야 한다는 것이다. 나는 위층에 가서는 무엇을 하느냐고 물었다. 그들은 내게 편안한 웃음을 보이면서 내가 겪고 있는 고통을 위층에 전달한다는 것이다. 이미 여러번 말했는데 새삼…. 내가 묻자 삼자를 통해서 전달받으면, 특히 전문가의 조언이라면 받아들이는 것이 다르기도 한다고 말했다. 또한 생활습관을 좀 고쳐보도록 혹은 매트라든가 의자양말 이라든가 하는 조치도 조언한다고 했다. 아, 네. 나는 그들의 말을 들으며 그저 고개를 끄덕였다. 별다른 도움을 주지는 못하는구나. 나는 내 생각이 얼굴에 드러날까 신경이 쓰여 일부러 입꼬리를 올리며 웃어 보였다.

그들이 윗집에서 어떠한 조언을 했는지 나는 알지 못한다. 나중에 관리소장이 전하는 말에는 위층에는 이미 매트도 깔려있고, 의자마다 양말도 다 씌웠더라는 것이다. 그들이 다녀간 뒤에도 위층의 새벽 시간 소음은 여전했다. 나는 내년 봄에 이사하자는 남편의 약속을 약처럼 삼키면서 여전히 그 소리들을 견디고 있었다.

 저녁을 먹은 나는 음식물쓰레기를 버리러 현관을 나섰다. 엘리베이터 버튼을 누르고 기다리는데 위층의 문이 열리는 것이 들렸다. 꼭대기에서 내려오던 엘리베이터가 11층에 멈췄다가 10층으로 왔다. 엘리베이터 문이 열리고 나는 서둘러 엘리베이터에 들어섰다. 위층의 여자가 이미 타고 있었다. 내가 들어서는 것을 본 여자는 한 손을 아이에게 잡힌 채 얼굴을 옆으로 돌리고 서 있었다. 아이가 나를 향해 인사를 했다. 아직 분명하지 않은 발음으로 안녕하세요 하며 웃었다. 그래, 안녕? 나도 아이를 향해 웃었다. 여자의 손이 아이의 얼굴을 자기 다리 섶으로 감추었다. 아이가 두 손으로 여자의 허벅지를 둘러 안았다. 그때 나는 헐렁한 치마에 가려 보이지 않았던 여자의 불룩한 배가 상당히 불러 있는 것을 보았다.

오줌누기

오줌누기

남자는 간절한 눈빛으로 나를 보았다. 화가 난 눈빛 같기도 했다. 아니, 어쩌면 슬픈 눈빛인지도 모른다. 미간에 잡힌 얕은 주름이 남자의 눈을 세모처럼 보이게 했다. 눈꼬리로 당겨 올라간 얼굴 근육 때문에 입술이 찌그러졌다. 나는 남자가 금방이라도 화를 낼까 봐 조바심이 일었다. 무언지 미안한 마음에 남자의 얼굴을 똑바로 볼 수 없었다. 15도쯤의 혹은 그 이상의 경사로 누운 채 나는 고개를 왼쪽으로 돌리며 남자의 시선을 피했다. 글쎄, 사실 나는 내가 누워 있는지 서 있는지 분간이 되지 않았다. 분명 발바닥은 바닥을 딛고 있지만 내 몸은 등 뒤에 붙은 넓은 판에 체중이 온통 실려 있었다.

복잡한 남자의 눈빛이 뭉근하게 내 방광을 누르고 있었다. 소변을 보셔야 합니다. 남자는 부드러운 목소리로 나직하게 말했다. 그러게요. 나는 고개도 돌리지 못한 채 역시 나직한 목소리로 대답했다. 남자는 미간에 잡혔던 주름을 폈을까. 저렇게 부드러운 목소리를 내려면 분명 부드러운 표정이 되었을 거야. 나는 화를 낼 것만 같은 남자의 얼굴이 부담스러워 감히 고개도 돌리지 못한 채 발가락을 꼼지락거렸다. 발바닥 밑에 깔린 비닐이 바스락 소리를 냈다. 잔뜩 긴장한 내 몸의 모든 신경이 비닐이 내는 작은 소리에 움찔거렸다. 등 뒤의 넓은 판을 움켜잡은 양손에 힘이 들어갔다. 고개도 돌리지 못한 채 눈동자만 움직여 내려다본 팔뚝에 푸른 힘줄이 도드라졌다. 팔의 근육을 따라 움찔 움직인 핏줄이 빈혈을 앓는 한 마리 뱀처럼 보였다. 내 눈에 비춰진 한 마리 뱀은 어쩐지 매우 피곤해 보였다. 팽팽하게 부풀어 있는 방광은 작은 움직임으로도 통증이 느껴졌다.

  나는 오줌을 누기 위해 다시 아랫배에 힘을 주었다. 제발. 역시나 오줌은 나오지 않았다. 선 채로 오줌누기가 이렇게 어려운 일이라니 나는 전혀 짐작도 하지 못했다. 터질 듯한 방광은 이미 한 시간 전부터 요의를 느끼고 있었지만, 도무지 아랫배는 긴장을 풀지 않았다. 배설의 욕구에 맞서고 있는 그 무엇인가는 좀처럼 요도를 열어주지 않았다. 요도를 막고 있는 근육은 완강하게 내 의지에 맞서고 있었다. 몇 번씩이나 아랫배에 힘을 주며 벌게진 내 얼굴을 남자는 여전히 복잡한 눈빛으로 바라보고 있었다.

  처음에는 그저 몸살인 줄 알았다. 열이 나고 온몸이 두드려 맞은듯 욱신거렸다. 어머니를 요양원으로 모신 날도 몸이 편치 않았다. 운전하는 남편의 뒤통수를 바라보며 거의 눕다시피 앉은 어머니의 손을 잡고 있었다. 왼쪽 어깨에 실린 어머니의 체중을 오롯이 견디며 어깨가 저려오는 것을 참았다. 어깨를 뒤척여 어머니의 고개를 털어내고 싶었지만 그러지 못했다. 얕은 숨을 들이쉬며 잠이 든 어머니를 깨우고 싶지 않았기 때문이다. 어머니는 자신이 어디로 가는 줄도 모른 채 내 손에 이끌려 차에 탔다.
  옆자리에 내가 앉기도 전에 어머니는 배가 고프다고 말했다. 나는 딸기우유와 초코파이 하나를 어머니의 양손에 쥐어 주었다. 만족한 표정의 어머니가 초코파이를 허겁지겁 먹더니 다른 손에 들린 우유를 바라보았다. 희미한 미소를 짓는 어머니의 눈은 알 수 없는 물기로 번들거렸다. 음식을 대할 때면 나타나곤 하던 어머니의 눈빛이었다. 자주 대하는 그 눈빛이 그러나 나에게는 좀처럼 익숙해지지 않았다. 늘 그렇듯이 어머니의 눈빛을 느끼는 순간에 내 팔등으로 오소소 돋는 소름 역시 익숙해지지 않기는 마찬가지였다. 어머니는 쭙, 쭙 빨대에서 공기가 들어가는 소리가 날 때까지 우유를 단숨에 마셔버렸다. 어머니가 간식을 맛있게 먹는 동안에도 남편과 나는 서로 아무런 말이 없었다. 남편은 운전에 집중하고 있는 모습이었지만, 사실은 내 눈치를 보고 있다는 것을 알 수 있었다. 그런 건 말하지 않아도 느낄 수 있을 만큼의 세월을 살아온 우리였다. 나는 짐짓 아무런 생각도 없는 양 차창으로 지나치는 풍경을 말없이 보고만 있을 뿐이었다.

빨대에서 소리가 나도 더 이상 입으로 들어오는 우유가 없다는 것을 알게 된 어머니는 신경질적으로 우유 팩을 던졌다. 우유 팩은 앞자리의 조수석 바닥으로 떨어졌다. 그러나 남편은 아무런 일도 일어나지 않은 것처럼 고개조차 돌리지 않았다. 어머니가 던진 우유 팩을 쫓아가던 내 눈길이 남편의 뒤통수에 멈췄다. 경직된 남편의 어깨가 무거워 보였다. 어쩌면 어깨보다 그의 마음이 더 무거울 것이라는 것은 말하지 않아도 알 수 있었다. 어느 틈에 어머니는 자신의 몸을 내게로 기대와 졸린 듯 하품을 하고 내 손을 슬며시 잡았다. 기름기 빠진 어머니의 손은 나무등걸처럼 거칠었다. 늙었다고는 하지만 나이 칠십을 겨우 넘긴 어머니의 피부가 너무 거칠어서 낯선 이물감에 순간 당황했다. 나는 서걱거리는 어머니의 손을 잡지도, 놓지도 못하고 내버리듯 가만히 두었다. 포개진 손을 통해 어머니의 낮은 맥박이 전해지는 것 같았다. 어머니의 잠든 얼굴에서는 먹을 것 앞에서 보여주던 조금 전의 광기 어린 눈빛 같은 건 짐작 할 수 없었다. 순한 얼굴빛에서 매번 어이없게 배신당했던 순간들이 마치 거짓말 같았다. 어머니는 잠이 깊이 들었는지 고르게 숨을 내쉬었다. 이동 중인 차 안의 규칙적인 움직임에 나도 슬며시 졸음이 밀려왔다. 허리를 깊숙이 묻고 머리를 등받이에 기대며 눈을 감았다.

그때부터였던 것 같다. 머리가 아프고 열이 오르는 것을 느끼며 내 몸 상태가 심상치 않다는 것을 느낀 것은. 기침을 하거나 코가 막히는 건 아니었다. 콧물도 나오지 않는 것으로 봐선 감기에 걸린 것 같지는 않았다. 열이 나는지 얼굴이 달아오르는 것을 느꼈다. 이마를 짚어보니 후끈한 열감이 손바닥에 전해왔다. 열 때문인지 온몸의 관절 마디마디가 콕콕 저려오는 고통이 느껴졌다. 식은땀이 나고 입속이 바짝 마르고 있었다. 그러나 어머니가 잠든 모처럼의 평화를 깨고 싶지는 않았다.

시간이 갈수록 온몸은 점점 물에 헤쳐 놓은 솜처럼 나른하고 묵지룩하여 손끝 하나를 움직이기가 힘들었다. 끄응 앓은 소리가 꿈결인 듯 현실인 듯 분간할 수 없는 지점에서 들려왔다. 그렇게 얼마나 시간이 흘렀는지 알 수 없었다. 그러나 목적지에 도착 하였습니다 하는 친절한 네비게이션의 안내에 따라 내 의식도 서둘러 현실로 돌아왔다. 뒷좌석 깊숙이 묻었던 몸을 일으키자 내 어깨에 기대었던 어머니의 머리가 힘없이 의자 위로 떨어졌다. 나는 어머니의 머리에 충격이 가지 않도록 황급히 손으로 어머니의 머리를 받쳤다. 어머니는 여전히 잠에서 깨지 않은 채 깊은숨을 내쉬고 있었다. 나는 어머니를 깨워야 할지 말지를 결정하지 못하고 어머니의 머리를 받친 손을 그대로 엉거주춤 불편한 자세로 있었다. 남편 역시 어떻게 할지 결정하지 못했는지 자동차의 시동도 끄지 않은 채 그저 가만히 앉아 있을 뿐이었다.

"힘드시죠? 그럼 좀 쉬었다가 할까요? 밖에 정수기에서 물 한잔 드시고 10분만 쉬었다가 다시 시작할게요."

남자가 복잡한 시선을 풀며 조그맣게 말했다. 걱정하는 듯한 음성이 내게 건네주는 격려 같아서 마음 한끝이 말랑해졌다. 남자는 나를 향해 손을 내밀었다. 사선으로 누운 나는 배에 힘을 주어 허리를 일으켰다. 다시금 뭉근하게 방광 통증을 느꼈지만 나는 내색하지 않았다. 발을 움직일 때 바닥에 깔린 비닐이 다시 바스락 소리를 내자 나는 흠칫 놀랐다. 괜찮아요. 천천히 내려오세요. 남자는 여전히 다정하게 말을 건넸다. 나는 남자가 내민 손을 잡고 조심스럽게 계단을 내려왔다. 계단을 내려온 내가 쭈뼛거리자 남자가 나를 향해 출입문을 가리키며 말했다. 정수기는 복도에 있습니다. 복도에 의자도 있으니 앉아서 쉬세요. 화장실을 가시면 안 됩니다. 너무나 당연한 걸 말하는 남자의 말이 농담이라는 것을 알았지만 긴장한 나는 남자를 물끄러미 보았을 뿐 웃지는 못했다. 출입문 맞은편의 작은 창에도 커튼이 드리워졌다. 덕분에 창으로 우리를 보던 또 다른 남자는 보이지 않았다.

나는 출입문을 열고 밖으로 나왔다. 팽팽한 방광을 안고는 사실 걸음을 걷기가 쉽지 않았다. 아랫배는 금방이라도 오줌보를 뚫고 소변이 쏟아질 것 같은 긴장으로 허리까지 뻐근했다. 그러나 나는 남자의 권유대로 물을 한 잔 마시기로 했다. 정수기 위에 놓인 종이컵을 꺼내 한 컵 가득 물을 받았다. 뻐근한 허리 때문에 온 몸에 힘이 들어가 종이컵을 든 두 손이 사시나무처럼 떨고 있었다. 컵에 든 물이 쏟아지지 않도록 조심하며 나는 컵의 물을 다 마셨다. 특별히 목이 마르다고 느꼈던 것은 아니었지만 이 한 컵의 물이 다시 시작되는 검사에 도움이 되기를 간절히 바라고 있었다.

선 자세로 소변을 본다는 것은 살아오는 동안 한 번도 해 본 적이 없었던 것은 사실이다. 그러나 그것이 그렇게 어려울 것이라는 생각도 역시 한 번도 해 본 적이 없었다. 방광이 가득 차면 당연히 쏟아낼 것이라고 막연히 생각했다. 어제저녁 주치의가 와서 소변역류검사를 한다고 하면서 검사의 내용을 설명할 때 나는 어려울 것이라는 생각은 전혀 하지 못했다. 주치의 역시 어려울 거 없는 검사라고 했다. 그랬는데 이렇게 애를 먹이다니 나는 상상도 못 해 본 일이다. 검사의 목적은 자꾸만 반복되는 방광염이, 아니 사실은 신우염이라고 해야겠다. 항상 신우염으로 병원을 찾게 되니 말이다. 신우염은 방광염이 원인이었고 방광염은 늘 소변 보기가 불편한 증세로 먼저 왔다. 가렵고 따끔거리고 아픈 데다 잔뇨감에 화장실을 계속 들락거리다 급기야 온몸에 열이 나고 몸살처럼 욱신거리길 반복하다 결국에는 관절 마디마디가 뻐근해지며 뭉근한 두통에까지 시달리게 되는 것이었다. 그쯤 되면 초음파 사진에 콩팥이 거대한 호박처럼 부풀어 보이는 것은 당연했다. 두세 달 간격으로 계속 되풀이되는 입원에 어쩌면 해부학적인 원초적 문제가 있을 것이라는 진단이 나왔다. 모든 가능성에 대한 검사는 일단 전부 해 보겠다는 생각이라서 나는 선뜻 검사에 응했다. 잦은 신우염에 자칫 콩팥이 망가질 수도 있다는 걱정에 나는 무엇이라도 해야 할 판이었다.

  이 년 동안 여섯 번의 잦은 발병이 계속 같은 병명이라면 무언가 문제가 있기는 있는 것이 분명할 터였다.

그토록 주의를 하고 조심했는데도 말이다. 50년 동안 그쪽에 별다른 문제 없이 살아왔는데 갑자기 해부학적인 문제가 생길 일이 있겠느냐고 의아해한 것도 사실이지만 나는 작은 확률이나마 혹시 몰라 문제를 찾아보고 싶었다. 문제를 알게 되면 당연히 그 해결 방법이 있을 테니 어쩌면 그것이 오히려 다행한 일인지도 모른다. 나는 깔끔하게 해결할 수 있는 문제점을 찾고 싶었을 것이다. 매번 되풀이되는 '특별히 힘든 일이 있었느냐, 갑자기 무리한 일을 했느냐' 하는 질문에서 벗어나고 싶었다. 사실 항상 힘들고 매번 무리한 일을 하지 않는 사람이 몇이나 있을까.

어머니를 요양원으로 모시기로 결정한 것은 어머니가 남편 앞에서 오줌을 눈 다음이었다. 그날따라 일찍 퇴근한 남편 때문에 기분이 좋아진 어머니는 평소보다 흥분한 모습이었다. 어머니의 생일날이었다. 하나뿐인 여동생네 식구들과 저녁을 먹기로 약속을 했다. 집 가까운 곳에 장어집이 있어 함께 외식하기로 결정이 되었다. 모처럼 어머니의 주간 보호시설에서 돌아올 시간에 맞춰 남편이 어머니의 마중을 나가겠다고 했다. 남편은 아파트 1층 현관에서 유치원생처럼 봉고차를 타고 오는 어머니를 기다렸다. 그리고 봉고차에서 어머니를 내려준 요양사의 손에서 어머니를 마중한 남편이 어머니의 손을 잡고 집에 왔다. 어머니는 아들의 마중에 몹시 흥겨워하며 콧노래까지 불렀다. 마치 어린아이처럼 즐거워하며 자신의 기쁨을 온몸으로 표현하고 있었다.

그때까지는 모든 것이 좋았다. 남편도 어머니의 즐거워하는 모습에 자신도 기분이 좋아 보였다. 주간 보호 시설에서 묻혀왔을 먼지 때문에 나는 어머니에게 새 옷을 갈아입힐 생각이었다. 본인은 느끼지 못한다 해도 시누이네 식구들과 함께 할 외식에 그래도 반듯한 외출복을 입게 하고 싶었기 때문이었다. 오랜만에 만나는 시누이에게 초라한 어머니의 모습을 보이고 싶지 않았다. 나는 어머니에게 갈아입힐 옷을 꺼내 바닥에 놓고 어머니의 손을 이끌었다. 소파에 앉은 남편이 우리 모습을 지켜보았다. 어머니는 다행히 어린아이처럼 옷을 갈아입는 것을 좋아했다. 새 옷을 주면 함박웃음을 지으며 이쁘다를 외치고 손뼉을 쳤다.

시누이가 식당에 도착했다며 우리는 몇 명인지를 묻는 전화였다. 좌석의 세팅 때문이었을 것이다. 내가 통화를 하는 동안 남편이 어머니의 상의를 벗겼다. 카디건의 단추를 풀고 팔을 빼냈다. 남편이 리드하는 대로 어머니는 순순히 팔을 움직여 카디건을 벗었다. 남편은 어머니의 팔을 위로 올려 티셔츠의 팔과 머리 부분까지 한 번에 뒤집어 벗겨내는데 성공했다. 메리야스만 입은 어머니의 앙상한 팔이 드러났다. 남편이 다시 바지를 벗기려 하자 어머니가 남편의 손에서 벗어났다. 어머니는 까르르 웃으며 세상 재미있다는 듯 화장실 앞으로 뒷걸음쳐 갔다. 남편이 새 옷을 들고 어머니를 향해 일어나는 것과 어머니가 허리에 고무줄로 된 자신의 바지를 어렵지 않게 벗어내는 것은 거의 동시에 일어난 일이었다. 바지를 벗은 어머니의 엉덩이에는 커다란 종이기저귀가 채워져 있었다. 남편은 어머니의 앙상한 다리를 보고 더 다가서지 못하고 나를 쳐다보며 구원의 눈길을 보냈다. 시누이와의 통화를 끝낸 나는 어머니를 향해 발을 내딛었다. 그때 어머니는 자신의 옆구리에서 익숙하게 기저귀의 테이프를 떼어내고 있었다. 그리고 그대로 선 채 오줌을 누는 것이었다. 성근 음모를 비집고 오줌 줄기가 피어오르다가 그대로 허벅지를 타고 흘러내렸다. 남편도 나도 어머니에게 다가가기를 멈추었다. 사실 나에게는 낯선 모습이 아니었지만 남편은 처음 목격하는 일이었다.

  그때부터는 모든 것이 엉망이었다. 남편은 어머니의 모습에서 충격을 받았는지 갑자기 우울해졌고, 남편의 우울한 모습에 어머니는 계속 짜증을 부렸다. 계속 바쁘다는 핑계로 어머니의 상태를 챙기지 못했던 남편은 자신의 생각보다 더 심각한 어머니의 상태에 정신이 나간 모습이었다. 어린아이처럼 식당을 계속 돌아다니는 어머니 때문에 장어를 입으로 먹는지 코로 먹는지 정신이 하나도 없이 외식을 끝내고 돌아오는 길 남편의 얼굴은 생각이 많은지 무척 복잡해 보였다.

  핑크색이었다. 간호사가 소변역류검사를 하러 가라고 하면서 준 쪽지에는 지하 1층의 비뇨기과 검사실이라고 쓰여 있었다. 산부인과 계통의 검사는 받아봤지만 비뇨기과 검사라고 해서 조금 당황스러운 기분이었다. 소변역류검사는 비뇨기과 검사 쪽으로 분류되는 모양이다. 나는 입원실을 나서서 지하 1층을 향해 가는 동안 기분이 이상했다. 어제저녁 주치의가 와서 설명한 소변역류검사는 어려운 것이 아니라지만 어떻게 하는 건지 알 수가 없어서 두려운 마음도 있었다.
  비뇨기과 검사실의 문을 통과하니 또 다시 여러 개의 문들이 있었다. 그중에 소변역류검사실이라는 팻말이 걸린 문이 보였다. 나는 검사실의 문을 빼꼼히 열고 고개를 살짝 들여보았다. TV에서 보면 수술실 같은 장면에 나오는 짙은 초록색 수술복을 입은 남자가 한 명 서성이다가 나와 눈을 마주쳤다. 내 이름을 부르며 확인을 했다. 맞다고 대답을 하니 검사실 맞은편에 있는 탈의실 가서 옷을 갈아입고 오라는 말을 했다. 속옷까지 전부 벗고 검사복만 입고 오라는 말을 두세 번 반복하는 것으로 봐서 팬티를 벗고 오라는 얘기 같았다.

탈의실에 가니 검사복이라는 옷이 잔뜩 쌓여 있었는데, 세상에나, 나는 감동스러움에 눈이 커졌다. 검사복은 핑크색이었다. 까실하고 톡톡한 면의 질감에 뽀송뽀송하게 건조되어 손질된 예쁜 핑크색이었다. 나는 입원복을 벗어 락커에 넣고 검사복으로 갈아입었다. 물론 남자가 여러 번 당부한대로 팬티도 벗고 맨 몸 위로 상의와 바지만 입었을 뿐이다. 포실포실한 순면의 핑크색 검사복에서 나는 옅은 소독 냄새가 기분을 상쾌하게 했다. 그런 기분이 검사에 대한 두려움을 조금 걷어냈다.

검사실로 들어서자 남자는 나를 마주 보이는 계단 위로 올라가게 했다. 계단은 두 개였고 비닐이 깔려 있었다. 나는 비닐이 내는 바스락 소리가 왠지 거슬렸지만 왜 비닐이 깔려 있는지 궁금했다. 그리고 테이블이 있었다. 테이블 위에도 비닐이 깔려 있었다. 자세히 보니 테이블에 깔린 비닐이 계단 위로 연결되어 있었다. 테이블은 엑스레이를 찍는 판 같았다. 테이블 위로 사진을 찍는 것 같은 기계가 보였다. 내게는 엑스레이나 다름없어 보였지만 무언가 달라 보이는 것도 같았다. 역시나, 남자는 내게 테이블에 누우라고 말했다. 소변은 보고 오셨죠. 남자가 말했다. 그러고 보니 검사에 가라고 전해준 간호사가 소변을 꼭 보고 가라는 전달도 했다. 물론 나는 충실하게 지시대로 했다. 검사는 중요하니까. 네, 하고 대답하는데 갑자기 마이크소리가 났다. 소변역류검사에 대하여 진행 사항을 말씀드립니다 하는 소리가 우렁우렁 들렸다. 소리가 나는 곳을 보니 출입문 맞은편에 작은 창이 있고 그곳에 역시 수술복을 입은 또 다른 남자가 말을 하고 있었다. 남자가 기계를 조작하는 것 같았다. 남자는 요도를 통해 조영제를 투입하고 소변이 지나가는 길을 촬영하여 소변이 역류하는지를 알아보는 검사라고 간단하게 말했다.

 잠시 후 작은 창에 커튼이 쳐지고 내 앞에 있던 남자도 나가더니 여자 간호사가 들어왔다. 나의 바지를 벗기고 요도에 호수를 끼웠다. 찌릿찌릿 기분 나쁜 통증이 있었지만 검사를 위해서 어쩔 수 없는 과정이라니 참을 수밖에 없었다. 조영제가 방광에 서서히 채워지는 것을 느낄 수 있었다. 간호사가 요의를 느낄 때까지 참으라고 말했다. 방광이 팽팽해졌다. 나는 화장실에 가고 싶다고 말했다. 간호사가 호스를 빼더니 수고하셨다는 인사를 하고 나갔다. 바지를 제대로 입고 기다리는데 잠시 후 조금 전 남자가 들어오고 작은 창의 커튼도 젖혀졌다. 검사를 시작합니다. 마이크의 소리가 나고 내 앞의 남자가 기계를 조작해 내가 누운 테이블을 천천히 세웠다. 내가 천천히 움직이는 대로 비닐이 바스락 소리를 냈다. 테이블은 계속 움직이다가 직각이 되기 조금 전의 각도에서 멈추었다. 그러나 발바닥은 충분히 바닥을 딛고 있었지만 몸은 어중간하게 누운 상태가 되어 있는 셈이었다. 긴장을 푸시고 소변을 보세요. 마이크에서 재촉하는 소리가 났다. 나는 남자가 시키는 대로 소변을 보려고 아랫배에 힘을 주었다. 그러나 소변은 나오지 않았다.

남편이 자동차 시동을 끄자 곧 어머니가 깨어났다. 규칙적인 자동차의 진동음이 들리지 않자 이상하다고 느낀 것 같았다. 어머니는 눈을 뜨면서 배가 고프다고 말했다. 나는 다시 어머니의 손에 딸기 우유와 초코파이를 쥐어줬다. 먹을 것을 주지 않으면 어머니는 어떻게 하니? 남편이 나직하게 물었다. 남편이 어머니에 대해서 묻는 것은 처음이었다. 나는 남편의 질문이 이상하다고 생각했다. 갑자기? 그것도 요양원에 모시기로 한 이 시점에? 더군다나 요양원 정문 앞에서? 나는 남편의 심정이 어떨지 짐작이 되지 않았다. 지난번 어머니의 생일날 장어를 먹고 돌아오면서 보았던 남편의 복잡한 얼굴만큼이나 오늘의 질문도 대중할 수 없었다. 머리채를 잡아 뜯지. 나는 무덤덤하게 대답했다. 남편은 농담이라고 생각했을까. 정말 남이 들으면 코미디라고 할 만하다고 나는 생각했다. 그러나 나는 농담이 아니었다. 물론 남편은 농담이 아니라는 것을 알았을 것이다. 젊은 시절 자기 어머니의 성정을 알고 있는 그라면 어머니는 충분히 그러고도 남으리라는 것을 알 수 있을 테니까. 남편은 말없이 고개를 끄덕이는 것으로 대답을 했다.

자동차 시동을 끄고도 남편은 계속 자리에 앉아 있었다. 나 역시 어떻게 할지 몰라 그냥 있었다. 온몸에 열기는 오르고 묵지룩한 두통은 계속 되어 앉아 있기도 힘들었지만 나를 더욱 힘들게 하는 것은 남편의 속내를 알 수 없다는 것이었다. 어머니는 눈치를 보며 초코파이를 조심스럽게 갉아먹고 있었지만 언제까지 조용히 있을지는 알 수 없는 일이었다. 한번 화를 내기 시작하면 여간 달래기가 힘이 들어 애를 먹기 때문이었다.

나는 차츰 앉아 있기가 더욱 힘이 들어 점점 지쳐가고 있었지만 남편에게 말을 건넬 수는 없었다. 다만 여러 번의 경험으로 이번에도 어김없는 입원각인 것만은 확실히 알 수 있었다. 이번에 요양원으로 어머니를 모시겠다는 얘기도 남편이 했고 장소 또한 남편이 알아보았고 오늘 이곳에 나선 것도 남편이 앞장선 것인데 왜 지금 이렇게 망설이는 것인지 짐작이 되지 않았다.

"당신이 정 내키지 않으면 다시 돌아가도록 해요, 나는 상관없어요."

나는 남편에게 말했다. 어지러움에 눈이 돌 지경이었다. 지금이라도 집에 돌아가서 나는 당장이라도 병원에 가고 싶은 생각뿐이었다.

　나는 한 컵의 물을 신중하게 다 마시고 천천히 걸어다니면서 시간이 지나가길 기다렸다. 10분이 지났는지 검사실의 남자가 다시 나를 불렀다. 한 컵의 물은 분명 방광에 부피를 더했을 것이다. 뭉근한 방광의 통증은 여전했다. 금방이라도 요도가 터질 것 같은 불안에 조심스럽게 걸었다. 계단을 오르고 다시 판 앞에 섰다. 뒤로 기대세요. 남자는 내게 말했다. 남자가 시키는 대로 한때 테이블이었던 판에 발뒤꿈치를 바짝 붙이고 체중을 실었다. 남자가 천천히 판을 뒤로 눕혔다. 판이 조금 움직이자 방광이 아랫배를 눌렀다. 다시 요의가 느껴졌다. 편안한 마음으로 소변을 보세요. 남자는 부드럽게 말했다. 하지만 나는 마음이 편안해지지 않았다. 다시 남자의 얼굴을 슬쩍 바라보았다. 괜찮아요, 이런 경우도 종종 있답니다. 아직 남자의 표정에는 변화가 없었다.

　나는 아랫배에 힘을 주었다. 요도를 열어보기 위해 어떤 근육이든 움직여보고자 힘을 썼다. 그러나 알 수 없는 어떤 의지가 여전히 요도를 가로막고 있었다. 얼굴에 피가 몰리는지 숨 쉬기가 힘들었다. 변기에 앉았을 때는 아무런 생각 없이 터져 나오던 소변이 왜 서 있다고 안 되는 것인지 알 수가 없었다. 남자의 얼굴이 변할까 나는 조바심이 났다. 어떻게 해서든 방광을 터뜨리고 싶었다.

숨 쉬세요. 남자가 당황해서 다급하게 나를 불렀다. 내가 아랫배에 힘을 너무 주느라 얼굴이 벌게진 모양이었다. 네? 네. 나는 천천히 아랫배의 힘을 뺐다. 천천히 숨도 몰아쉬었다. 얼굴색이 돌아왔는지 남자도 당황한 빛을 풀었다. 배의 통증은 여전했다. 발바닥의 비닐에서 바스락 소리도 여전했다. 뽀송뽀송한 핑크색 바지의 질감 역시 여전했다. 두근두근 마음의 불안도 여전했다. 이렇게 검사를 망칠 것 같은 불안이 몰려왔다.

한참을 소리 없이 앉아 있던 남편이 이윽고 마음의 결정을 했는지 움직이기 시작했다. 우선 누군가에게 전화를 걸어 본인이 정문에 와 있다고 말을 했다. 아마도 요양원과 관련된 사람과 미리 약속을 해 둔 것 같았다. 짧은 통화를 끝낸 남편은 자동차의 시동을 켜고 차를 움직여 요양원 안으로 들어갔다. 요양원은 밖에서 보기보다 안으로 들어가 보니 규모가 더 커 보였다. 중간 중간 갈래길이 나타났지만 그때마다 이정표가 세워져 있었다. 이정표대로 요양원을 찾아가는 길은 어렵지 않았다. 전화를 미리 해놔서인지 현관에 사람이 마중을 나와 있었다.

남편이 차를 세우자 나는 어머니의 손을 이끌고 조심스럽게 차에서 내렸다. 어머니의 손에는 초코파이를 먹은 흔적으로 초콜릿이 묻어 있어서 나는 서둘러 물티슈로 어머니의 손을 닦았다. 어머니는 낯선 곳에 왔지만 우리가 함께 있어서 특별히 불안해 보이지는 않았다. 그동안 주간보호시설에 다닌 것이 효과가 있었던 것 같았다. 우리는 사무실 같은 곳으로 안내되었고 그곳에서 원장 명함을 내민 사람과 면담을 했다. 남편이 원장과 면담을 하는 동안 어머니와 나는 요양원의 시설을 안내받았다. 건물은 5층이었고 한 층의 넓이가 꽤나 넓었다. 1층은 사무실과 병원이 있었으며 2층과 3층은 보행이 불편한 노인들을 위한 요양병원이었다. 각 층에는 물리치료실과 재활병실이 따로 있었으며 치료사들도 여러 명 있는 것을 보며 다행이라는 생각이 들었다.

　4층과 5층은 어머니처럼 보행이 가능한 노인들을 위한 요양원으로 운영되는데 이분들은 대체로 치매환자들이 많아서 출입을 제한한다는 것이었다. 엘리베이터는 운영되지만 4층과 5층에는 버튼으로 조작이 되지 않았다. 직원들이 가지고 있는 카드를 대야 작동이 되었다. 물론 비상구로 향하는 문도 잠겨 있었다. 치매 노인들이 함부로 나가 길을 잃어버리는 것을 방지하기 위한 방법이라고 했지만 설명을 듣는 동안 가슴이 답답해지는 것을 어쩔 수 없었다. 시설도 깨끗하고 직원들도 상냥하여 남편이 어련히 잘 알아서 선택했겠지 하는 믿음은 생겼지만 감옥이 다른 것이 아니고 이것이 감옥이 아니겠는가 하는 생각이 들었다.

젊은 요양사가 요구르트를 주며 어머니를 부르자 어머니는 좋아하며 그녀에게 가더니 귓속말을 했다. 젊은 요양사가 당황한 표정을 짓더니 내게로 와서 어머니의 말을 전했다. 어머니가 응가를 하였다고 하는데 어쩌죠? 말을 듣는 내가 더 당황스러워하자 요양사가 웃었다. 저희가 처리할게요. 젊은 요양사와 함께 목욕탕으로 들어가는 어머니의 등을 보며 나는 젊은 요양사가 어머니는 상당히 마음에 든 모양이라고 생각했다.

어머니는 규칙적인 식사는 거부하면서 군것질거리를 좋아했다. 그래서 대소변이 규칙적이지 않았다. 앙상한 팔과 다리가 불규칙적인 식사 때문이라는 것은 알고 있었지만 어머니의 고집을 당해낼 재간이 나에게는 없었다. 언젠가 남편 앞에서처럼 선 채로 소변을 보는 것은 예사였고 대변도 물론 그런 일이 많았다. 나는 시간 맞춰 변기에 어머니를 앉히는 것에 특별히 신경을 써야 했다. 까딱 시간을 놓쳐 어머니가 일을 봐버리면 어머니는 대변으로 찰흙 놀이를 하기 일쑤였다. 그런 낭패는 아무리 여러 번 겪어도 도무지 적응되지 않았다. 냄새, 그리고 산더미처럼 쌓이는 빨래와 청소 때문에 가끔은 죽고 싶도록 우울해졌다.

  공무원인 남편은 어머니에 대한 일에서는 지극히 방관자처럼 행동했다. 오래전부터 지방에 따로 살며 주말 부부로 살아 온 생활로 나이 들어가며 서로 자유로웠던 것은 사실이었다. 아이들도 대학교 입학부터 각자의 생활에 맞춰 집에서 독립했기 때문에 가족이라고 특별히 신경 쓰일 것이 없었던 생활이었다. 그렇게 자유로 넘쳐나던 생활에 시어머니의 치매가 시작된 5년 전부터 비로소 내게 가족이라는 굴레가 생겨난 것이다. 혈압으로 시아버지가 갑자기 돌아가시더니 100세 시대라는 요즘에 겨우 70이 되어가는 젊은 나이의 어머니는 급하게 정신을 놓았다. 어머니에게 있어 아들은 멀리에 있고, 그것도 혼자, 딸에게는 아직 어린 아이들이 있었다. 객관적으로 생각해도 어머니를 모실 사람은 나밖에 없었다. 나는 어머니를 모시는 것을 받아들여야 했다. 유치원처럼 어르신들도 주간보호시설이 있어서 낮에는 그곳에서 유희와 교육을 받고 저녁에 돌아오니 처음 생각은 크게 어려울 것도 없을 것 같았다. 그러나 어머니를, 아니 중증의 치매 어르신을 모시는 것은 생각보다 많은 어려움이 있었다. 오후 5시부터 다음 날 아침 10시까지의 시간에도 수많은 사건이 벌어지고 다양한 어려움이 생겨났다. 목욕과 식사의 모든 것이 날마다 전쟁이고 지옥이었다.

어머니는 요양원이 마음에 들었는지 남편과 내가 작별인사를 하는데 따라나서지 않았다. 어쩌면 나와 함께 있는 것이 마음에 들지 않았던지도 모르겠다. 나는 다행한 마음이 드는 한편 섭섭한 마음도 드는 것이 어쩔 수 없었다. 그래도 함께 지낸 세월이 5년이 넘었는데. 나는 그렇다 해도 남편마저 선뜻 보내주는 어머니가 의아하기는 했다. 항상 그리워하던 아들 아니었던가 하는 생각을 하는데 과연 그것조차 진심이었던가 하는 의심이 들었다. 어머니는 나는 당신의 며느리인 것은 계속 알면서도 가끔 들어오는 당신의 아들은 이 년 전부터는 곧잘 잊기도 했다. 가끔 아들이라며 살갑게 대하다가 가끔은 집에 놀러 온 손님인 양 대하기도 했다.

어머니를 요양원에 모시고 돌아오는 길, 남편과 나란히 앉은 나는 무언가 어색하고 불편했다. 우리 사이에 어머니를 빼고 같이 있었던 적이 언제였던지 생각도 나지 않았다. 그러고 보니 남편도 나도 가족이라고 특별히 애틋한 감정을 가졌던 것은 아니라는 생각이 들었다. 어쩌다 가족으로 엮였고 아이들이 생겨났던 것 같았다.

남편은 업무 특성으로 지방 근무가 많았지만 아이들

키우기에 월급은 충분했다. 남편은 남편대로 자유로운 생활을 즐겼는지도 모른다. 우리는 서로에게 불편한 점이 없었기에 가족의 울타리에 서로를 그냥 놓아두었을 뿐이다. 어머니처럼 이렇게 절실하게 가족의 희생을 요구한 적이 없었던 까닭에 그냥 이름만 가족이었던 우리들은 어머니를 부양하면서 비로소 가족의 의미를 다시 생각하게 된 것 같았다. 방관자적인 태도로 일관하는 남편의 무심함에 화가 났지만, 남편도 어쩔 수 없다는 것을 인정했다.

어머니의 모든 사고에 화가 났지만, 해결할 사람은 나밖에 없다는 것도 인정하고 다시 어머니를 보듬고 안을 수밖에 없는 세월이었다. 가족이란 불편과 희생을 강요받아도 어쩔 수 없이 받아들이는 그런 관계라는 것을 어머니는 내게 가르쳐 준 셈이었다.

남편은 어느새 어두워진 길을 자동차 라이트에 의지하며 천천히 운전을 했다. 남편도 나도 말이 없었지만 나는 어머니를 두고 오는 남편의 마음이 많이 불편하다는 것을 짐작할 뿐이었다.

미안해. 나직하게 말하는 남편의 말을 나는 잘못 들은 줄 알았다. 진즉에 이렇게 했었어야 했는데. 나는 남편의 말이 무엇을 말하는지 짐작할 수 없어서 멍하게 바라보았다. 그동안 당신 고생하는 거 내 맘이 불편해서 그냥 못 본 척했던 것 같아. 남편은 공무원인 자신의 위치에 부모를 요양원에 방치한다는 뒷말이 무서워서 그동안 어머니를 요양원으로 모시기를 꺼렸다고 고백했다. 나 역시 모르는 점이 아니었기에 순순히 어머니를 모시고 있었던 것이기에 특별히 나올 얘기는 아니었다. 그런데, 나는 남편이 왜 갑자기 마음을 바꿨는지 이해가 되지 않았다. 남편은 내가 계속 입원과 퇴원이 반복되는 상황이 아무래도 어머니를 모시는 것이 내게 체력적으로 부담이 되는 것 같다는 생각을 했다는 것이다. 나는 30년 만에 남편이 비로소 나에게 가족이 된 것 같은 느낌이 들었다.

테이블을 조금 더 눕혀볼까요? 작은 창 안에 있는 남자가 마이크로 말을 했다. 내 옆에 선 남자가 기계를 조작해 내가 기대고 있는 판을 조금 더 눕혔다. 중력을 받은 방광이 아랫배를 눌러 통증이 조금 전보다 더해졌다. 마음을 편히 하시고요. 남자는 계속 같은 말을 하고 있었지만 나에게는 조금도 도움이 되지 않았다. 소변을 보셔야 합니다. 남자의 말대로 나는 다시 아랫배에 힘을 줬다. 흡. 숨을 참으며 요도를 열어보려 힘을 썼지만 도대체 어떤 근육이 이를 막는지 요도는 좀처럼 열리지 않았다. 아랫배는 터질 듯이 아픈데 소변은 나오지 않았다.

나는 어머니가 선 채로 오줌을 누던 것이 기억났다.

어머니는 본인이 남자라고 생각하는 것 같았다. 내가 특별히 시간을 챙겨 화장실에 데려가 변기에 앉히지 않는 한 항상 선 채로 오줌을 쌌다. 옷을 입은 채로 쌀 때도 있고 본인이 바지를 내리고 기저귀를 풀어 헤치고 할 때도 있었다. 항상 빨래가 나와 징글징글하게 생각했던 어머니의 배뇨습관이 오늘은 오히려 부럽기 짝이 없었다.

  내가 계속 노력해도 소변보는 것이 안 되자 작은 창에 있던 남자가 우렁우렁 말을 했다. 아무래도 검사가 안되겠습니다. 오늘은 그만 하시고 올라가세요. 주치의와 의논해서 다른 방법을 알아보도록 할게요. 작은 창에 커튼이 닫히고 남자는 보이지 않았다. 내 옆에 섰던 남자가 내가 누웠던 판을 세웠다. 허리를 세우고 나는 천천히 계단을 내려왔다. 수고하셨습니다. 남자의 나직한 인사에 목례를 하면서 나는 소득 없이 끝난 검사에 무언가 남자에게 미안한 마음이 들었다. 다른 방법이 있긴 한 건가. 만약 다른 방법이 있으면서 나를 이 고생을 시킨 거라면 주치의 녀석 가만두지 않겠다는 괜한 앙심을 품고 천천히 걸어 검사실을 나섰다. 방광은 이제 손끝 하나만 건드려도 금방 오줌을 쏟아 낼 것처럼 완전히 포화상태였다. 탈의실로 가기 전에 나는 화장실을 먼저 가야만 했다. 화장실까지 가는 길은 정말 위험천만한 길이었다. 그토록 한 방울도 허용하지 않았던 방광은 긴장이 풀렸는지 발걸음 하나하나에 찔끔찔끔 오줌을 지리며 나는 엉거주춤 걸었다. 변기에 엉덩이를 붙이기도 전에 오줌은 폭포처럼 쏟아졌다. 우렁찬 소리와 함께 쏟아내는 배설의 쾌감이 참으로 민망할 정도였다.

  이상한 일이다. 선 채로 안 되는 것이 왜 앉으면서는 되는 것인가. 무엇이 오줌누기를 가로 막는 것일까. 찔끔찔끔 지린 오줌이 핑크색 검사복에 스며든 것을 나는 하염없이 바라보고만 있었다.

심리적 억압 기제의 소설적 형상
— 신희동의 소설

원숙한 삶의 체험과 새 길 찾기

　신희동은 미당 서정주의 시혼(詩魂)이 배어 있는 전북 고창에서 출생했으며, 국민대 문예창작대학원을 졸업했다. 2020년 《문학나무》 가을호에 단편소설 「아이젠을 힘껏 꽂고」로 등단했으니, 작가로서 공식적인 입문을 한 지 5년째가 되었다. 당연히 이 책은 그의 첫 창작집이다. 「작가의 말」에서 밝히고 있는 바와 같이 그에게는 자신의 꿈을 이해하고 용기를 준, 그러나 지금은 만날 수 없는 '그분'이 있다. 지난 5월 향년 79세로 타계한 윤후명 작가다. 신희동은 오랜 습작의 시간을 보내는 동안 윤 작가를 사사(師事)했고, 그동안에 쓴 8편의 소설로 첫 번째 작품집을 묶어내면서 이를 그 스승께 바친다고 했다. 근래에 잘 없는 아름다운 사연

해설
김종회
문학평론가
전 경희대 교수

이다.

  신희동은 늦은 나이에 '문학소녀의 허상'을 좇았다고 고백했다. 그의 연륜이 이순(耳順)에 이른 것을 보면 그렇게 언명(言明)할 수 있겠으나, 평균 수명이 훌쩍 늘어난 요즈음의 시대적 문맥에서 보면 늦은 나이도 아니고 허상의 추구도 아니다. 아직도 그에게는 창창한 작가로서의 내일이 남아 있다. 그가 허구적 서사로 직조(織造)한 소설 속에는 현실적인 삶의 갈등을 겪고 있는 여러 인물이 등장한다. 이들의 세계는 대체로 우울하고 힘겹다. 특히 가족관계나 타자와의 관계성에 관한 어려움으로 심리적 난항을 감당해야 한다. 그것이 심리적 강박감이나 억압 기제가 되어 등장인물의 일상을 침해하는 형국이다. 그러나 '악의 묘사는 그것의 치료를 위해 있다'는 에밀 졸라의 말처럼, 그러한 억압의 상황 또한 그것을 넘어설 수 있는 힘의 섭생을 위한 것일 시 분명하다.

영원한 갈등의 소재와 그 심연

시어머니와 며느리 사이에서 일어나는 갈등을 고부갈등(姑婦葛藤)이라 하고, 이는 주지하다시피 인간사의 오래고도 힘든 숙제였다. 현대 사회에 있어 이 문제는 과거와 같이 직접적인 형태로 드러나지는 않는다고 하더라도, 여전히 여러 국면에서 내연(內燃)하는 방식으로 존재하고 있다. 문제는 그렇게 숨겨진 갈등의 유형이 더 심각한 심리적 동통(疼痛)을 유발한다는 사실이다. 이 소설집에 수록된 소설 가운데 3편이 이 문제에 직접적으로 다가서 있다.

망설이고 망설이던 끝에 나는 시동생에게 전화를 했다. 나는 주말의 휴식이 필요한 직장인이라고 호소했다. 자신의 아이는 자신의 집에서 돌보라고 말했다. 내 전화가 서운했던 시동생은 곧장 시어머니에게 일렀다. 그리고 시어머니는 가출했다. 7명의 자식들 중 누군가의 집으로 갔을 것이다. 남편이 바로 시어머니를 찾아 나섰지만 시어머니는 아직 돌아오지 않았다. (중략) 항상 같은 패턴으로 반복되는 일이었다. 시어머니가 가출하는 사연은 셀 수 없이 많았다. 다만 이번에는 이런 사연이었다. 나는 알고 있었다. 시어머니는 곧 다시 내 집으로 돌아온다는 것을.

「그녀, 카렌」이란 소설 속의 문장이다. 이 소설의 화자는 시어머니를 모시고 사는 직장인이다. 예문은 이혼한 막내 시동생이 주말이면 아이를 시어머니가 있는 내 집에 맡기는데, 이 일이 직장인인 화자의 주말 휴식을 심각하게 침해한다. 기실 이는 하나의 사례일 뿐 이와 같은 경우가 여럿이고, 그때마다 시어머니는 가출했다 돌아온다. 화자는 집을 떠나 여행을 결행하고, 베트남에 있는 카렌족의 여자를 보러 간다. 그 '롱 넥 카렌족' 여자의 목을 멍에처럼 옥죄고 있는 목걸이가 화자의 심리적 상태와 너무도 유사한 까닭에서다. 물론 여기서 무슨 확고한 답안이 도출되는 것은 아니다. 그러나 화자는 속 시원히 말할 수 없는 일상적 삶의 고통을 반사해 볼 수 있는 거울을 얻은 느낌이었을 것이다. 작가는 이 경과 과정을 섬세한 관찰과 감각적인 문장으로 풀어냈다.

사회생활이라는 것을 하면서 배운 소주 한 잔이 매일 밤 위로가 되었다. 그런 밤이면 시어머니 집에서 철없이 지낸 15년의 세월이 아까웠다. 철없이 시어머니의 농간에 휘둘린 남편이 미웠다. 무엇보다 그런 남편을 택한 나 자신을 용서할 수 없었다. (중략) 지나 버린 시간 속에 무심히 흘려보낸 청춘이 아깝고, 억울했다. 아니, 무심히 흘러간 것이 아니었다. 온갖 구박과 설움으로 긴장 속에 움츠러들고 짓이겨진 세월은 가슴 깊숙이에서 어느덧 홧병이 되어 있었다. 그것은 가슴에 문신처럼 남아 절대로 지워지지 않을 것 같았다.

「효도는 얼마예요?」라는 단편의 한 부분이다. 이 소설은 강성(强性)의 시어머니 밑에 살다가 분가(分家)한 지 오랜 며느리가 화자다. 그가 다시 시어머니와 접촉하게 되면서, 그동안의 숱한 심정적 고통을 되새겨보는 상황을 담고 있다. 그렇게 헤어져 있다가 다시 만난 시간이 10년만인데도, 힘겹고 어려웠던 지난날의 기억이 전혀 퇴색하지 않고 그대로 남아 있다. 여자로서는 험하다고 할 '집 장사'를 하던 시어머니의 요란한 성정(性情)은 '여장부'나 '쌈닭'과 같은 별호를 동반하고 있었고, 15년 동안 가정부 역할에 머물렀던 화자의 결혼생활은 말 그대로 악몽이었다. 소설의 말미에 이르러 장남이 보고 싶은 시어머니는 집을 주겠다는 '마지막 거래'를 내세웠으나, 화자에게는 아무런 감동이 없다.

혈압으로 시아버지가 갑자기 돌아가시더니 100세 시대

라는 요즘에 겨우 70이 되어가는 젊은 나이의 어머니는 급하게 정신을 놓았다. 어머니에게 있어 아들은 멀리에 있고, 그것도 혼자, 딸에게는 아직 어린 아이들이 있었다. 객관적으로 생각해도 어머니를 모실 사람은 나밖에 없었다. (중략) 그러나 어머니를, 아니 중증의 치매 어르신을 모시는 것은 생각보다 많은 어려움이 있었다. 오후 5시부터 다음 날 아침 10시까지의 시간에도 수많은 사건이 벌어지고 다양한 어려움이 생겨났다. 목욕과 식사의 모든 것이 날마다 전쟁이고 지옥이었다.

「오줌누기」라는 소설이다. 이 소설의 화자 역시 며느리이고, 그에게는 벗어날 길 없는 굴레와 같이 시어머니의 치매가 도사리고 있다. 시어머니를 요양원으로 모신 것은, 시어머니가 남편 앞에서 오줌을 눈 다음이었다. 그런데 그 시어머니의 배뇨 습관이 화자에게 부러운 일이 되는 사태가 발생한다. 방광염, 아니 신우염이라는 병명으로 검사를 하는데 서서 소변을 봐야 하는 지경이 된 것이다. 이 두 사람의 유사한 배뇨 형태 사이에 직접적인 연관은 없으나, 소설적 상징으로는 많은 것이 결부되어 있다. 여기까지 살펴본 세 작품에서 시어머니와 며느리 사이에 절대 악이나 절대 선의 개념은 없다. 다만 작가는, 그처럼 궁벽한 인간관계가 개인의 내면을 얼마나 참혹하게 훼손하는가를 말하고 있는 터이다. 그리고 그러한 글쓰기의 시도는 충분한 설득력을 확보한 셈이다.

가족공동체의 불온한 관계성

과거 전통사회에서는 '피는 물보다 진하다'는 말로 혈연의 절대성을 설명할 수 있었다. 일상생활에 있어서도 함께 밥을 먹는 사람들, 곧 식구(食口)라는 말이 당연하고 자연스러웠다. 그러나 현대 사회 또는 핵가족 시대에 있어서 이 고색창연한 개념은 상당 부분 희석되고 변질되었다. 이 불여튼튼하던 가족공동체는 해체되고 와해되고 심지어 불온하기까지 한 사정에 도달했다. 이 소설집에 실린 다음 두 편의 작품이 이를 잘 말해준다.

아들의 연애를 인정하면서도 내 손을 벗어나는 아들에게 아쉽고 안타까운 마음이 들었다. 아니, 어쩌면 질투인지도 모른다. 아들의 연인이 반갑기만 한 존재는 아니었다. 그렇다고 무작정 싫고 미운 사람은 더욱 아니었다. 오히려 아들의 사랑을 받아주고 서로 아껴주는 고마운 존재라는 것이 사실이었다. 이것도 저것도 아닌 불분명한 감정들이 나를 무척 피곤하게 했다. 어떻게 아들을 대하고,

아들의 연인을 대해야 하는지 감정이 갈팡질팡하고 있는 것을 느꼈다. 아들은 점점 집에 오는 것을 귀찮아했다. 살갑게 하던 전화도 뭔가 의무감이 느껴졌다.

「메기가 전하는 말」의 일부다. 이 소설의 화자는 방생법회가 열리는 사찰로 가다가 플라스틱 통에 담겨 있는 메기를 목격한다. 방생에 쓰일 모양이다. 이 광경과 오버랩되면서 결혼 날짜가 정해진 아들 그리고 예비 며느리가 떠오른다. 방생의 '자유'와 며느리 될 아이 때문에 심정적으로 '구속'되어 있는 화자의 사정이 상관된 이미지로 상통하고 있는 까닭에서다. 세상의 모든 어머니는 아들에 대한 집착이나 소유욕으로부터 멀리 있기 어렵다. 특히 아들에게 많은 부분을 할양하고 기대감을 키워온 경우라면 더욱 그럴 수밖에 없다. 화자에게 밀려온 '낯선 여행길에서 느끼는 외로움'은 당연한 귀결이다. 신희동의 여러 소설은, 이와 같은 결락(缺落) 현상과 부조화에 익숙하고 또 그것을 이야기의 모형으로 구축하는 데 남다른 강점이 있다.

벌써 30년이 되어가기는 하지만 나는 아직도 돌아가신 어머니의 모습이 잊혀지지 않는다. 더욱이 당신이 어머니 살아 계실 때도 두 분이 서로 오순도순 다정한 모습을 보여준 것이 아니었기 때문에 알 수 없는 배신감은 어쩌면 당연한 것이다. 아버지의 연애 이야기를 들었을 때 내 마음은 깊은 곳에서부터 불쾌한 심사가 먼저 똬리를 틀었다. 아버지는 어머니와 다정히 지내지 못한 것뿐만 아니라 어머니를 불행하게 한 장본인이기도 했다.

젊은 시절 대단히 호방한 성격의 아버지는 젊은 어머니를 두고도 여럿의 애인을 가졌던 듯했다.

「당신의 빛나는 청춘」 가운데 한 부분이다. 이 소설의 화자는 여든을 넘은 아버지를 둔 아들이다. 그 아버지는 혼자이고, 30년 전에 어머니가 세상을 떠난 형편이다. 그런데 어느 날 아버지가 낯선 여인, 말하자면 여자 친구를 집으로 데리고 왔다. 화자와 그 아내의 당혹감으로 시작된 이야기는, 아버지가 '고향에 집을 하나 지어볼까 한다'는 발화에 이르러 한층 거부감이 심화된다. 이러한 부모 자식 간의 새로운 인물 출현과 관련된 위화감은 미상불 우리가 여기저기서 여러 차례 목도한 바다. 그 본질로서의 관계 맺기에 대한 탐색은 뒷전에 있고, 당장의 불편이나 불이익에 대한 우려가 즉각의 현상이 된다. 여기 두 편의 소설을 보면 신희동은 이와 같은 인간사의 문맥을 명민하게 알아차리고 있으며, 이를 소설적 이야기를 통해 유연하게 풀어내는 기량을 가진 작가다.

우리 시대의 엄혹한 내면 풍경

세(勢)는 시(時)에 따라 변하고 속(俗)은 세에 따라 바뀐다고 한다. 시대에 따라 세상의 풍속이 바뀌는 것은 당연한 이치이지만, 기성의 가치를 중요하게 생각하는 세대에게 있어서 새로운 변화는 대체로 불량한 풍토의 대두로 이해된다. 1960년대 근동, 지금의 중동에서 로마 시대의 비석이 발견된 적이 있다. 거기에는 '요즘 젊은이들은 버릇이 없어서 선진을 우습게 안다'는 글귀가 새겨져 있었다. 젊은이는 로마 시대부터 버릇이 없었는데, 이는 새로운 세대의 달라진 풍속을 지칭하는 것으로 이해된다. 이와 같은 변화를 가장 민감하게 포착하는 이가 작가다. 여기서 검토하는 신희동의 소설 3편에는 그 시대적 삶의 변화와 그로 인하여 고통스러운 보통 사람들의 모습이 실감있게 그려져 있다. 그의 이야기 문맥 속에는 현대 사회의 도덕적 윤리가 삶의 개별성이란 이유로 어떻게 둔감의 늪으로 침윤하고 있는지, 손에 잡힐 듯 선명하게 드러난다.

나는 자꾸 헛웃음이 나왔다. 내가 한 달여를 총회를 기다리며 기대했던 것은 무엇이었을까. 나는 그들의 불명예를 원했다. L과 회장은 아무런 행동도 하지 않는 K에게 분개했을 것이다. 아니, 나에게 더욱 그러했을 것이다. K

의 뒤에서 그들에게 싸움을 걸고 있는, 결국 싸워야 할 상대는 어차피 나였을 것이다. (중략) 회장에게 잘못을 빌기만 하면 쫓겨나지 않는다는 소식을 K에게 전하면, 어쩌면 그는 지금 당장이라도 이곳으로 달려올 것이다. 오늘 밤 바로 열 번이라도 사과할 준비가 되어있는 그다. 그러나 나는 아직 K에게 전화를 걸지 않고 있었다.

「아이젠을 힘껏 꽂고」의 결미 부분이다. 이 소설에 나타난 산악회의 알력은 어쩌면 사회 분쟁의 축소판에 해당한다. '나'와 L과 산악회 회장의 음성적인 수 싸움에 K가 희생양이 될 판이다. 소설은 그 결말을 미정으로 둔 채 눈에 보이지 않는 갈등과 길항(拮抗)을 그대로 제시한다. 소설의 표제에 나온 아이젠은, 등산할 때 얼음 따위에 미끄러지지 않도록 구두 밑에 덧신는, 쇠로 만든 등산 용구다. 대개 강철로 된 스파이크 모양이다. 작가가 이러한 제목을 선택한 것은 이 산악회 내부 문제를 힘주어 제기하면서, 그로부터 벗어날 해결의 향방을 고민한다는 의도로 보인다. 이렇게 소설은 한 분야로 축소된 문제를 통해 우리 사회의 진면목(眞面目)을 제유법적으로 서술한다.

처음 사장이 거래를 얘기했을 때 나는 혼란스러웠다. 여행을 다녀오는 단 8일 만에 사장은 여행 경비를 빼고 오백만 원의 수고비를 준다고 했다. 오백만 원이라면 내 월급의 두 배이며 역시 그 돈이면 나는 두 달을 살 수 있었다. 큰 금액에 내가 멍한 표정을 짓자 그의 얼굴에 미소가 퍼졌다. 곧 사장 특유의 음흉한 웃음으로 번져갔다. 그의 사업은 단순히 오락실만은 아닌 것 같았다. 그에게는 또 다른 직업이 있었던 것이다. 그는 참을성 없는 고객을 위해 라스베이거스에서 받아 올 물건이 절대적으로 필요해 보였다.

「라스베이거스 분수 쇼」라는 작품이다. 소설의 제목은 라스베이거스 메인스트림에 있는 벨라지오호텔의 유명한 분수 쇼를 포괄하고 있으나, 작가가 내세우는 주안점은 당연히 다른 데 있다. 라스베이거스는 이야기의 핵심을 드러내는 무대일 뿐, 소설은 해외에까지 이동의 지경(地境)이 확대되고 더불어 불법적인 사업에 이용당하는 화자의 불안과 두려움을 표면으로 밀어 올린다. 화자는 성인오락실에서 일하는 여성이며, 그는 사장과의 합의에 따라 라스베이거스에서 시계 밀수의 하수인 역할을 하기로 한다. 그에게는 생활의 어려움과 5년 동안 백수인 남편이 있다. 그 와중에서 화자는 그렇게도 분수 쇼가 보고 싶다. 화자는 이 절실하고 절박한 사정을, 영화 〈라스베이거스를 떠나며〉에서의 '벤과 세라의 슬픈 사랑'에 견주어 보인다.

그러나 내 집에서 같은 안방의 자리에서 살아온 10년 동안 특별히 문제가 없었던 층간소음이었다. 단지 윗집이 이사 오면서부터 발생한 문제라면 윗집의 생활 소음이 문제인 것은 분명한 것이다. 낮시간까지 어떻게 해달라는 것은 아니다. 그러나 밤에는 잠을 잘 수 있어야 할 것 아니겠는가. (중략) 날마다 전쟁이었다.

참다못한 남편이 나섰다. 여기저기 알아보고 조언을 구하는 것 같더니 무엇인가 조치를 했다고 했다. 알아보니 층간소음 갈등이 공동주택에서 계속 문제가 되니 나라에서 나서서 중재 역할의 기관을 하나 만들었다는 것이다.

「소리, 소리, 그 소리들」이라는 작품이다. 이 작품에서는 아파트의 층간소음으로 고통을 받고 있는 화자가 등장한다. 늦은 밤까지 위층의 아이는 천둥처럼 울려대는 발자국 소리를 낸다. 위층의 젊은 여자는 이에 대해 미안함이나 반성이 없다. 체력이 약한 화자가 겪는 가혹한 불면의 고통, 고등학생인 딸의 공부 방해 등이 아무런 해결책을 얻지 못하는 극한의 지점에 이르렀으나 어떤 공적인 조정조차 힘을 발휘하지 못한다. 사실 이러한 문제는 양쪽에 일정 부분의 책임이 있을 수 있으나, 그 문제의 해소에 다가설 수 있는 방식이 사라졌다는 데 더 심각성이 있다. 우리가 여기서 만난 세 작품에서 이 작가가 바라보는 동시대 사회의 면모는, 이렇게 상호 소통 불능이고 엄혹한 모양새가 되었다.

신희동 소설의 선 자리와 갈 길

 이제까지 우리가 공들여 살펴본 신희동의 단편소설 8편은, 거의 한결같이 한 여성 화자를 주박(呪縛)처럼 강압하고 있는 심리적 억압 기제를 소설의 얼개 아래 조형한 것이었다. 그것은 어쩌면 이 작가에게 친숙한 비극적 세계관의 형용인지도 모른다. 그것이 작가의 직접 경험에서 온 것인지, 아니면 간접 경험에서 말미암은 것인지 알기는 어렵다. 그러나 그와 같은 문제 제기와 소설적 폭로를 통하여, 작가 또는 작품은 스스로 균형감각을 확보하고 자기 위무(慰撫)의 글쓰기에 도달하게 된다. 그렇다면 이 작가에게 소설 쓰기는 매우 유익하고 효율적인 자기 관리의 방식일 수도 있다. 그와 함께 작가는 우리 시대의 부조리한 사회 현상에 합리적인 비판의 목소리를 내는 역할을 한다.
 신희동의 소설은 거의 모든 작품이 과거와 현실의 지속적인 교차를 통해 내면 성찰의 깊이를 더하도록 구조화되어 있다. 극적인 사건이나 일탈이 없이도 화자의 심리적 동향을 잘 드러내며, 인간관계에서 알면서도 놓치기 쉬운 관계성의 어긋남을 정문일침(頂門一鍼)

으로 포착해 보인다. 이러한 부정적 세계 인식의 시현(示現)은 곧 그에 대한 비판적 인식과 극복의 단초를 동시에 마련하는 일이 된다. 다만 앞으로 그의 작품세계가 지속적으로 전개되면서, 세상사의 순방향과 향일성(向日性)의 세계에도 진진(津津)한 눈길을 허락하면 어떨까 싶다. 이는 우리가 계속해서 신희동 소설의 다양성과 함께 새로운, 유암(柳暗)하고 화명(花明)한 경계(境界)를 만날 수 있었으면 하는 희망 때문이다.